I0561373

谨以此书献给

文革前的知识分子们

以此纪念那些

在沉默中死亡的父母和在苦难中成长的儿女们

无　题

我想弹着琴弦，
插上思想的翅膀，
自由地飞翔在巍峨的高山。
可夜色笼罩着，大地一片漆黑，
我迷失在无际的黑暗。

紫 苑

ZI YUAN

赵品华

美国华忆出版社
Remembering Publishing, LLC. USA

Copyright © 2021 by Remembering Publishing, LLC. USA
RememPub@gmail.com

Zi Yuan
Zhao Pinhua

ISBN： 978-1-951135-98-0（Print）
978-1-951135-99-7（Ebook）

紫 苑

赵品华 著

出 版 人：乔晞华
责任编辑：张征征

出 版： 美国华忆出版社
版 次： 2021 年 10 月第一版，第一次印刷
字 数： 120 千字

美国国会图书馆编目号码 LCCN：2021 919271

All rights reserved.
No part of this book may be reproduced in any form or by any electronic
or mechanical means including information storage and retrieval systems,
without permission in writing from the publisher. The only exception is
by a reviewer, who may quote short excerpts in review.

作品内容受国际知识产权公约保护，版权所有，侵权必究

前　言

20 世纪初，在中国广袤的土地上，思想界的巨人纷纷涌现。他们把视野投向世界，认真思考中国几千年封建社会的种种弊端，不畏强权，冒着坐牢和砍头的危险，著书立说，传播真理。他们目的明确，就是要推翻封建王权，消灭专制统治，建立科学民主的国家体制。这是中国第一次彻底推翻王权的革命，虽然不像法国大革命那样把皇帝送上断头台，但皇帝们被革命者永久的赶出了紫金宫。

在皇帝被赶出皇宫时，中国政治仍然很专制很黑暗，农民们贫穷而愚昧，城市的手工业者世世代代传承着古老的工艺，没有谁拥有先进设备和雄厚的资本。妇女依然生活在社会最低层，受着男人们的歧视与虐待。大多数国人不识字，即贪婪又自私。

这时，中国的知识分子诞生了！

在这之前，中国只有文人。文人们维护着封建文化，不懂科学知识，思想也十分封闭，没有形成对社会有影响力的阶层。

知识分子与文人截然不同的是，他们思想开放，目光长远，懂得科学进步的伟大意义。他们的知识来源于世界科学的进步，他们的民主精神也与世界的自由意志接轨。因此，他们竭尽全力把"天赋人权"自由平等的理念推广到贫穷落后的中国，用崇高的博爱精神来缔造中国的新文化与新伦理，用科学进步与民主思想来构建中国的未来。他们中有些出身贵族，家世富裕显赫；有些出身中产阶级，一方豪门，衣食无忧；有些是寒门弟子，靠个人打拼完成学业。不管他们出身何等阶层，都提倡科学，反对蒙昧。主张民主，反对专制。倡导新思想新生话，反对旧的封建的观念。他们满腔热血，忧国忧民，前赴后继，不惧牺牲。用诗歌、小说、文艺、戏曲来教育国民，让民众开启心智，拓展视野。他们到乡下去组织农民识字，从国外引入先进的生产技术，每个人都有远大的政治抱负，有好多好多的救国救民的政治主张。他们用思想的火炬照亮中国的黑暗,给中国人民带来光明与希望。

不过政治并不是那么美好,它回馈给知识分子的不是鲜花和赞美。尽管知识分子注重个人修养,不敢面对暴力斗争。可是,他们中的大多数都被政治伤害得体无完肤,成为理想主义的残兵败将或正义的殉道者。

回顾历史,知识分子的诞生不过百年。他们像璀璨的群星照亮黑暗的夜空。他们内心的道德法则闪烁着时代的光辉。当人们仰望星空,去回忆那些饱受磨难的知识精英,就会感激他们将肉体奉献给真理,把鲜血祭祀给正义,他们是不同年代的史诗般的英雄。

一

1951 年的春节刚刚过去，节日的气氛仍留在那些落满尘埃的红灯笼上。虽然天寒地冻，总有些人提上一小篮子礼品去平时有点疏离的亲戚家看拜年。乡村就是这样，不到正月十五，年就没有过完。

孟至诚就在这一天离开土改运动工作队，重新回到学校去。他被教育局任命第二师范学校的副校长，土改完毕就走马上任。

孟至诚在乡下的土改工作队干了一年，心里对这场运动充满疑问和内疚。这本是一场土地革命的运动，实现人类自古以来耕者有其田的梦想，却又充满血腥，非常的残酷和不公正。要知道并非所有的地主都十恶不赦，相反很多的地主一直造福乡邻，发扬农村的乡绅文化。也不是所有的地主靠剥削穷人和掠夺他人财富至富，相反很多地主非常勤劳而且智慧过人，家世富裕却生活节俭。但是土改运动中，所有的地主们统统被斗争，土地和房子统统被没收，有些还被打得死去活来或被活活打死。分得土地后的农民们并不满足，整天在拼比谁分去了比自己更好的土地和房子，他们吵吵嚷嚷，总想得到更多。

农民说：土地改革，填坑补缺，干部分的是红衣亮格，贫雇农分的是破铜烂铁。的确，漂亮的衣服和锃亮崭新的家具被刚刚当上干部的农民拿回家了，好的房屋、田地和牲畜也被那些编造谎言，大打出手去斗争地主的二流子分走，大多数贫雇农是懂得感恩的，而他们只得到较差的那部分财产。至诚每天都在为村民调解财产纠纷，劝说那些分到土地后却不肯好好耕种的二流子们去经营好自己的田地。可是无论是干部还是村民都不满足分得的那些财产，他们分完了富有的地主的财产，再斗争那些只有小小产业的地主，总希望不劳而获。这使至诚看到了人性的贪婪和恶毒，以及人的欲望的无限性，他认为这样做只会使农民在终极意义上处在永恒的贪婪、嫉妒、贫穷和怨恨之中，丛林法则将重新回归乡村。

一直以来，至诚都竭尽全力把自由平等的民主思想推广到封建愚昧的乡村，用爱与平等来缔造中国乡村的未来。但土改运动的截然相反的结果，结束了他为之奋斗的理想，人们还想象得出比这更大的悲哀吗？

他对土改运动很失望，但新中国仍是他心中神圣美好的希望，他愿为它奋斗终生。未来的中国就像地平线上的晨曦，照耀着像他一样的知识分子，背负着人类的理想自由飞翔。

古老的资江自西向东奔流不息且翻腾咆哮。江水流到城头，突然向北拐去，常年随波逐流的泥沙便在此处沉积成一个方圆数里的沙滩。沙滩上长满芦苇，形状不一的水塘遍布各处，站在沙滩上往西眺望，不远处有历史留下来的军营，这座废弃的军营就是现在的第二师范学校。

第二师范学校的校长石厚生，个子很高，皮肤较黑，显得有点单薄，眼镜片后闪烁着和善的目光。凭着直觉，至诚认定厚生将是最好的上司和搭档，和他在一起可以自由地挥洒自己的才干，让心灵走向广阔的天地。

经过土改运动，至诚像是经历了一次火山爆发和一次十级地震。他了解到知识分子的弱点，那就是太注重个人修养，害怕所有的斗争，为了一团和气总是委屈自己。虽然鲁莽粗犷的工农干部很尊重知识分子，但骨子里还是把他们看成是吃剥削饭长大的少爷，和他们不是一路人。共产党的干部不喜欢知识分子的清高，不欣赏他们的才学，看不惯他们的温良谦让的作派，经常批评知识分子的软弱和虚伪。至诚在群众面前总感到愧疚，因为他肩不能挑，手不能提不能溶入到他们劳苦的日常生活中去。为此，他检讨过自己。还好，那段日子总算过去了，他又回到了知识分子们中间。

他和厚生在市里开完会，正准备去二师。石厚生是北京大学毕业的高材生，参加过学生运动，只比他大四岁，却是个老共产党员。他们边走边交流了对中国教育的种种看法，英雄所见略同。至诚觉得和这样的领导一起工作真是自己的幸运！

走进二师，至诚由衷赞美道：这里地处郊野，远离城市的喧嚣，犹如世外桃源，学生们可以在这里静下心来读书学习。

厚生也说：这么大的军营，只要稍加改造就是一个完美的学府了。

党支部书记胡佐和妻子柳碧云在办公室里等候他们，这对夫妻从部队转业，双双安排在学校，一个负责党的工作，另一个负责团的工作。

今天讨论的是招聘教师的问题，大家正襟危坐。

厚生说：师范学校是培养老师的学校，中国的未来就在这三尺讲台上。老师们必须才德兼备，市领导也特别重视挑选老师的问题，他们希望多招共产党员，发展党的力量。

胡佐说：这就比较矛盾，据我了解，党员里的知识分子不多，像厚生这样才德兼备的就更少。

至诚说：对，今天先讨论下面这几个老师吧，全面衡量，以工作需要为主。

至诚的妻子馨兰是省剧团小提琴手，为照顾夫妻关系，想调入师范教音乐。

开诊所的李保罗医术高明，聘他做校医。她妻子是赫赫有名的美女作家莎鸥，聘她教文学创作。这两人是厚生做了好多工作才肯调来的。

厚生说：俞竹的先生张涛想调到师范教体育，你们觉得怎样？

至诚说：张涛是黄埔军校的教官，人才难得。

胡佐说：我是从军校出来的，教官做体育老师大材小用。大家没有意见就是通过了。其他老师工作不变。

厚生说：教育心理学还没老师呢？

胡佐想了想，说：还是由孟校长兼任吧。

至诚说：我是学生物学的，教心理学不行。

胡佐说：大家都说你在教学上是全才，就别推托了。

开学第一次会议就这么结束了。

二

　　此时，馨兰正躺在产床上，长长的乌黑的头发散落在枕头上，面色苍白，长而浓密的睫毛上沾着泪水，在经过两天的痛苦挣扎后，终于分娩。她正喜极而泣。

　　至诚一进家门就发现自己做父亲了，他把刚出生的女儿抱在怀里，满心喜悦。馨兰看着丈夫的侧影，皮肤很白，侧影很美，女儿很像他。

　　至诚对母亲说：妈，馨兰调到师范了，刚刚开会已经通过。学校西边有个院落叫紫苑，厚生说，既然家属都调来了，就把家安在那里。

　　母亲说：师范左青龙，右白虎，前朱雀，后玄武，好风水啊，那里办学会出人才的。至诚的母亲方秀芬虽然没读过书，却是个戏迷。博大精深的中国戏曲给予她深厚的语言功底，因而她说出话来出口成章。

　　至诚说：妈，那是旧观念。不过，教育局十分重视师范学校，老师们都是严格挑选出来的。尤其是我和厚生，他们说我俩无论学识人品堪称青年才俊，又是新中国的第一代大学毕业生，教育工作者中的佼佼者，厚生还是中共党员，我们的任命书已经下来了，厚生任校长，主管全盘。我任副校长，主管教学。市长还派来了一位年轻的有工作经验的党委书记。

　　馨兰听到这里，娇嗔地说：看你得意的，那又不是你的学校。女儿才是你的，赶快给女儿取个名字吧！

　　至诚说：馨兰，女儿的名字我早已想好，可字辈，取一个珍字，叫孟可珍。我太珍惜这一次机会了，这是大丈夫扬鞭跃马建功立业的机会，我们就叫她珍珍吧。

馨兰说：俗气，叫可可才高雅。此后，可可成了孟可珍的呢称。

馨兰的姐姐玉兰，已经在这里忙了两天了。她说：我该回家了，再不回家，我丈夫要休我了。

她抱过新生儿亲了亲，走了。

几天后，孟家为可可做了三朝酒。

紫苑里，紫藤刚刚从严冬中苏醒过来，将细细的须悄悄地缠在木架上，木架下石桌石凳泛着冷冷的青灰色的光亮。

厚生的妻子从家门口的台阶上走下来，握住馨兰的手说：我叫梅仪，原在省宣传部工作，现已调入第二师范教美术。

馨兰也回握她的手，说：幸会幸会，早就听厚生说起你，还说我们是邻居。

梅仪说：是的，今后我们即是同事又是邻居，我就住你家隔壁。

厚生说：岂止如此，我们今后是患难与共生死相交的兄弟加朋友。

梅仪对方秀芬说：我以后还要叨扰伯母，我的孩子就是您的孙子，您就是孩子们的奶奶。

方秀芬说：您太客气了，我们是一家人啊。

这时，厚生四岁的儿子小石头把可可抢了过去，说：这是我的妹妹。厚生说：小心，别摔着妹妹。

话刚落音，"啪"的一声，可可被摔倒在地，嘴唇发紫，口吐白沫，眼睛翻白，脸色由红变灰，差点被摔死。

"赶快送医院！"厚生一脸惊慌，茫然不知所措。

"医院太远，会来不及的，叫校医吧。"至诚还真镇静，口气十分平静。

智多星奶奶赶紧把可可倒提起来，在可可的背上轻轻拍了几下，可可"哇"地吐出几口奶，呼吸立即畅通，脸色也渐渐红了起来。厚生拍着儿子的手说：石峻呀石峻，你这个愣小子，将来还不知会惹出多少是非来。

大家虚惊一场,再次坐下。这时,卧室里又传来婴儿尖细的啼哭。厚生说我的宝贝女儿柔柔醒来了,她也是个混世魔王,她这一起来,大家就别想消停。果然,她一起来就大声啼哭,梅仪和馨兰的初次见面就在这一片慌乱中匆匆结束。

一个月后紫苑的紫藤花开了,就像一片紫色的云铺满花架。兰花像星星一样点缀在苑子的每一个角落。竹笋刚刚出落成嫩嫩的竹篁。芭蕉绿得透亮,把那肥硕而柔软的叶子,甩在空中。

年轻的母亲们哼着歌曲坐在石凳上,眼睛看着孩子,脸上洋溢着幸福与期望。可可和柔柔睡在同一个摇篮里,她们正脚踢着脚,格格地笑个不停。

不久,校医李保罗也住进紫苑,他的妻子莎鸥抱着一岁的儿子小昶来玩,见石峻满头大汗的追逐着蝴蝶。

刚刚开学,至诚正忙着挑选德才兼备,经验丰富的教师,还要准备秋季开学的教材。晚上馨兰奶着孩子,她问:至诚,你和胡书记相处得怎样?至诚说:还行。馨兰说:什么叫还行?至诚回答:胡佐政治工作经验丰富,教学是外行领导内行。

馨兰说:厚生对他印象怎样?

至诚说:更糟。厚生想在学校门口建了几个商店,他硬是不同意。

他是不是还没有结婚,也没有孩子?日常用品,小孩零食是随时都需要的,哪能每缺一样都要跑到城里去买。他是个农民吗?

至诚温和地笑了,说:已经结婚了,有一个一岁的儿子。这个胡佐,抗大毕业,是南下干部中的大知识分子。内心很骄傲。

他做出如此决定,他老婆难道不会骂他?

他老婆是在部队搞政治工作的,叫柳碧莹,也转业到学校来了,作风非常泼辣。

馨兰说:到学校后,我一直在休产假,没见到过他们。看来开学的第一件事就是去拜访柳碧莹。她家住哪个苑子,路怎么走?

她住绿苑，出了月亮门，挨着围墙往东走，东北角有十来棵大柳树，绿苑就在柳树的环抱中。

馨兰刚坐完月子，就抱着可可拜访了绿苑的女主人柳碧莹。

绿苑的外面是柳树，苑子里长满高大的芭蕉，那碧绿而柔软的叶子就像婆娑起舞的天女们的飘带。寒暄后馨兰由衷赞叹绿苑的美丽，她说：我还是第一次见到这么好看的芭蕉树。

柳碧莹说：是啊，常听说'有人多事种芭蕉，又爱芭蕉，又怨芭蕉'。林老师，你说这芭蕉是树还是草，说它是树吧，它没有木质，没有枝干，只有茎和叶。说它是草吧，茎干比树还粗，长得比树还高，好多人像你一样叫它芭蕉树。你说它究竟是什么呢？

馨兰说：你真把我难住了，我也不知道。

柳碧莹用眼角瞄着馨兰说：我看，芭蕉是非树非草的妖精，所以嘛，只怕夜雨打芭蕉，早也潇潇，晚也潇潇。

馨兰觉得柳碧莹的话不那么中听，也不想多呆，家门都没进，就告辞了。

三

经过半年的建设，所有的营房都改成了教室，学校的教学大楼也建成了，厚生决定把校训写在大楼的前面。校训既是学校的办学宗旨，又是师生们必须遵循的行为规则，其重要性可想而知。于是，胡佐、厚生、至诚正襟危坐，慎重讨论。

老胡说：我建议沿用抗大的校训"实事求是"。

厚生说：我是中共党员，深知实事求是的重要性。但是我们是在培养师范生，他们将是孩子们的启蒙老师，他们的行为道德必定是孩子们学习的典范。中国的前途，就在他们站的三尺讲台上。

至诚说：对，育人先育己。礼貌友善，温良忠厚。很容易记住。

厚生说：好倒是好，可惜己被黄埔军校先用了。我认为儒家思想是知识分子的骨髓与灵魂，不如从仁、义、礼、智、信、忠、孝、廉、耻中选出几个字来。

老胡说：不行，不行，我们不能打倒孔家店又来贩卖他的思想。

厚生说：师者，传道授业解惑也！道指的是为人之道，学问之道，处世之道，因此，孔子永远是老师的老师。老胡，你要改变对孔子的看法。

至诚怕他们还争论下去，说：不如用我的母校武汉大学的校训"学为人师，行为世范"。厚生说：清华的校训"自强不息，厚德载物"，也是很有名的。但是我们要有自己的校训，原则以德育人，诚信为本。老师要是撒谎，那就真的是狼来了。

胡佐想：本来是讨论校训，他们怎么搬出一大堆名校，难道说我不知道他们是名校毕业的？我要是说出我的经历，也会吓他们一大跳。

原来，胡佐是烈士的儿子，很小被送到苏联学习，他还参加过苏联的卫国战争。他的这段经历除了上级知道，自己从不和人说起。他知道这些名校出来的学生总是以名校为骄傲，书生意气十足，讨论问题总喜欢引经据典地辨析到天亮，认的是死理，尊重的是学问。

胡佐很干脆，他说：综合大家的观点，我们的校训定为"精业、求是、科学、诚信"。至诚，我看你的魏碑堪称一绝，就用魏碑把这几个字写出来。

至诚问：为什么非要用魏碑呢？

胡佐回答道：魏碑外圆内方，很有儒家风范。

至诚说：魏碑是外方内圆，外刚内柔，中聚而外放。

胡佐微笑着说：是吗，看来我对书法还是了解不够。至诚，以后我拜你为师学习书法。

这年初秋，第二师范迎来了第一批学生。此后，总有那么几个青涩的学子在紫苑的门口探头探脑，他们由衷赞叹庭院精致的格局和那几个活泼可爱的孩子，假如招呼他们进来，他们立刻像鸟雀一样飞走了。

当紫藤花开了三次以后，可可已经是一个活蹦乱跳的女孩。常常从前门跑进后门，然后趴在她家的窗台上，看奶奶坐在阳台上绣花，奶奶绣的花很好看，她总是看不够。她把彩色丝线放在竹篮里，让淘气的小猫叼着丝线悄悄地跑远。方秀芬扭着三寸金莲追呀追呀，直追得满头大汗。后来，她又到厨房里捣乱，直到桌上冒出热气，奶奶喊：宝贝们，过来吃饭！她才消停下来。

稍大后，可可和孩子们从可可家的后门沿着蜿蜒起伏的院墙，追逐着美丽的蝴蝶和轻盈飞舞的蜻蜓，穿过婆娑的篁竹和热烈如火的美人蕉，走入柔柔家的后门。把石峻哥哥画图画的颜料涂在脸上手上衣服上，然后坐在石阶上等梅姨回家。

"你俩真是这世界上最完美的艺术品，超过我所有的作品！"梅仪如是说。

　　每天傍晚，年轻的母亲坐在紫藤架下，她们爱抚着自己的儿女，轻轻地哼着流行的苏联歌曲。她们的丈夫吸着雪茄，站在离她们不远的地方。男人们虽然在轻声交谈，眼睛却不时扫向妻子，目光里充满柔情蜜意。有时他们也会走过去，和她们交谈，唱歌或逗孩子。这时，女人身上特有的香味和雪茄的香气混在一起，弥漫在紫藤架下，久久不会散去。

　　星期天，是进城看电影和购物的日子。馨兰总把她的美丽张扬得淋漓尽致，她昂着头，乌黑的头发盘成高高的发髻，再别上一支价格不菲的珍珠发卡。宽阔明亮的额头，修饰得无可挑剔的美眉让她显得那么的高贵。薄如蝉翼的丝巾不经意的绕过脖子，随风飘动，那流动的色彩把白晰的脖子衬托得格外秀美，那份高贵与高雅令人羡慕得心里发痒。梅仪是娴雅而文静的，剪裁合体的中式服装显现出她窈窕的身材，衣服、手袋、鞋帽在不同的季节里变换，那和谐的色彩总让人惊叹不已。莎鸥挺直身子，头微微下垂，庄重的仪表和拒人于千里之外的冷漠，呈现出知识女性的清高。

　　几乎每个休息日都会去商场购物，她们拉着打扮得漂漂亮亮的孩子走在前面，西装革履，风度翩翩的丈夫紧随身后。当他们锃亮的皮鞋踏在青石板铺就的马路上，发出"可可"的响声时，人们无不被那份尊贵和华丽深深吸引。当人们对生活充满热情而又手头宽裕时，花钱就成了最快乐的事。

　　当假期来临时，他们会去旅游或在家里举行舞会。母亲们在教会孩子们的舞步之后，馨兰拉起小提琴，莎鸥演奏着手风琴，孩子们跳起欢乐的舞蹈。有时候大人们也会跟着跳起来，此刻，馨兰会放下提琴跳起舞来。梅仪会轻轻赞叹：紫苑就是上帝创造的伊甸园啊。

四

　　在这一年，有一个小朋友也加入到了紫苑的快乐里，他就是住在绿苑的柳旭，正因此胡佐比其它任何人更密切地注意紫苑发生的一切。看到紫苑的快乐，胡佐的心情特别复杂。

　　胡佐在莫斯科的保育院长大，参加了苏联卫国战争和中国的抗日战争、解放战争、土改和镇反运动，这辉煌的革命经历足以让他骄傲一生。当他回国后，所接触到的理论都是让他去认识资产阶级生活方式的可耻。尤其他在抗大学习时，接受的就是这样一种教育：共产党奋斗的目标，就是要在全世界彻底消灭资产阶级以及他们的生活方式。作为共产党员必须生活简朴，要为劳苦大众，放弃个人的幸福，一生只能追求人民的利益和党的利益。

　　他看得出来紫苑的知识分子们过的是典型的资产阶级生活，但为什么他们看上去那么幸福？而且这种幸福竟然令他心生向往，简直要颠覆他所对资产阶级生活的定义。他一边告诫自己不能卷进这种资产阶级的生活方式，一边却回想起在延安每个周末都要在大礼堂举办的交谊舞会，那些陶醉在歌舞之中的领袖们，毫不掩饰地紧紧拥抱着年轻的女学生。还有他所认识的共产党员，很多都是从抗大和中央党校毕业的，他们内心里对优沃的物质生活没有任何反感，如果碰上物质享受往往是不假思索地照单全收，他们想的是：人生是多么短暂，为了解放中国好多次与死神擦肩而过，为什么就不能在革命取得胜利后尽情享受生活？

　　每次到紫苑，他把自己的最真实的思想隐蔽起来去偷偷窥视紫苑的生活，将无产阶级和资产阶级做出种种比较，用自己的生活和至诚的生活作全面比较。因此，他越是严格地约束自己就越想到紫苑去，在那里他笑得特别开心、心情特别愉快。尽管在别人的眼里他是那样的春风得意，而他却在为自己想要得到的生活失眠和烦躁不安。

他的妻子柳碧莹是一个漂亮而强悍的女人，总在渴望得到更多的权力，在她的眼里，他只扮演一个丈夫的角色是不够的，必须成为她登上权力高峰的阶梯。但是，胡佐不喜欢她的任性，不喜欢她总是摆出一副盛气凌人的革命家的脸孔，不喜欢她强迫别人接受她的观点，他是个理想主义者，希望每个人都具有自己思想，而不是由少数人去控制广大群众的思想。

紫苑里甜甜蜜蜜的爱情生活让胡佐心驰神往，他暗地里将紫苑的女性与柳碧莹做出一番比较。他不是不喜欢自己的女人，这个柳碧莹呀，他就是看不懂她，有时她热烈如火，非常的温柔可爱。有时像一座冰山，冷得他不敢去拥抱她。不管怎么样，他非常迷恋她的美丽，迷恋她给他带来的种种快乐。但他不喜欢她的暴躁，强硬和虚伪。

见到林馨兰后，他仿佛见到从天上下凡的女神，那光彩夺目的美不属于人间。她的甜蜜而温柔的笑容，浓妆淡抹的仪态，无不闪烁着迷人的色彩，让他坠入非非之想。他在不知不觉中暗恋上了林馨兰。

那个年轻的有夫之妇，每时每刻都那么幸福。她的声音，她的仪态容貌以各种方式涌入胡佐的心里，将他的心淹没。馨兰对这一切毫无察觉，心思全部放在丈夫和女儿身上，除了在课堂上，她只呆在紫苑里。胡佐很少见到她，这样也好。见到她，他的思绪就像滔滔的洪水，向着她的身体流去。他知道在人类的感官中，有些部分是需要牢牢控制住的，但那个楚楚动人的女人总在刺激着他的情欲，使他内心不可控制地燥动起来。

1956 年，全世界都在举行小提琴比赛。林馨兰参赛全国夏季音乐会，她独奏的小提琴曲《伏尔加河》获"青年艺术家"金奖。当演奏曲在全国播放时，她的名气一下了传播开了。中央音乐学院和广州音乐学院相继给她发来调令，请她到高等学府去教学。厚生把调令扣了下来，他对胡佐说：她是我们学校的一块金字招牌，这样的人才是不可多得的，怎么能让她离开？

周末的晚上，学校照例举行舞会，当扬声机里传出华尔兹或探戈舞曲时，馨兰总是第一个走下舞池翩翩起舞。馨兰本来在第一流的中国音乐学院学习声乐，舞蹈是她的第二专业。她妙曼轻盈的舞姿深深吸引着全场男士的目光。无论她到哪里去舞，胡佐必定紧紧跟随，并伴着她的舞步旋转。此时的她是舞池中的皇后，那优美而飘逸的舞步正在诠释着她的快乐，她的快乐也如那流动着的乐曲感染舞会里所有的人。因此，周末的舞会总是年轻的教师们最期盼的时刻。

今年不同，因为馨兰获得《青年艺术家》金奖，为学校争得了荣誉。新学期的第一个周末舞会，是学校专门为馨兰举办的。

那是初秋里最迷人的夜晚，凉风习习吹过。胡佐坐在礼堂灯光最暗的地方静静欣赏他心仪的女人，林馨兰身着薄薄的闪着丝光的淡蓝色长裙，皮肤雪白，胸部和臀部是那样的优美，阿娜的舞姿更增加胸部和臀部的自然魅力，整个晚会她就像一条闪着蓝光的热带鱼在轻盈而灵活地游动，让他感到浑身热血正在加速奔流。

灯光熄灭了，林馨兰走到胡佐的跟前邀请他跳第三支舞曲。这是舞会里最浪漫时刻，他不知是真是幻，左手已经扶在林馨兰的腰上。他听不见音乐，只感觉自己有了一种从未有过的舒服：她身上散发出来的淡淡的香味是那样令人着迷，她的富有弹性的胸部透过薄薄的衣裙似乎正轻轻擦过他的胸口。心醉神迷间他的亢奋起来，不由一把搂紧她的无比纤细的腰，让她的腹部紧贴住他身体，林馨兰想推开他，却被他搂得更紧，他的唇不由自主紧贴在馨兰的唇上，让馨兰感到窒息。灯光亮了，他还未从梦中清醒过来，依然紧抱着她。当他发现身上聚集着许多的目光时，羞愧突然涌上他的心头。他用近乎乞求的眼光看着林馨兰。林馨兰没有放开他，紧贴着他的身体轻盈地舞到暗处，好像失态的是她而不是他。他那悬在半空的心放了下来，轻轻说：对不起，我失态了。馨兰的心"朴朴"跳动着，礼貌地向他行着

14

屈膝礼，莞尔一笑，转身回到至诚身边。

此时，一记响亮的耳光甩在胡佐脸上，柳碧莹怒气冲冲地站在他面前。"不要脸！"她大声喝斥，"流氓！流氓！！"聚光灯下的胡佐，顿时狼狈得就像被拉出来游街示众。

"胡佐，你这个畜牲！"柳碧莹怒不可遏再一次冲到胡佐面前高高地扬起手臂，至诚抢先一步挡住了她。柳碧莹在至诚的脸上看到了一抹静静的微笑，这坦然的微笑一下子浇灭了她心头的怒火。至诚挽着她的胳膊慢慢走出去，舞厅里像什么都不曾发生过，大家仍在旋转着，快乐地享受着音乐的美妙节奏。

只有柳碧莹怎么也想不通至诚为什么要袒护胡佐，胡佐是在玷污他的妻子呀，至诚究竟是一个什么样的男人？

事情过后，胡佐意识到他的平静的生活不复存在，剩下的是无法挽回的婚姻裂缝和在老师面前抬不起头来的羞耻感。原来这场快乐的舞会竟是一次撕裂心肺的迷失。瞬时的沉醉与迷恋几乎耗尽他用生命拼来的荣誉。尤其是在馨兰的眼里，自己似乎不是人而是失去理智的野兽，那爱恋着她的心也随即像五颜六色的肥皂泡破碎了。

胡佐回到家后，什么也不说。他知道像柳碧莹这样的女人，越是解释越会使她纠缠不清。今晚的事，对他和她来说都是世界末日。他从未被人甩过耳光，这一记耳光打掉的是他的男人的尊严，让他在众人面前丢尽脸面。当他懊恼地躺在床上想睡觉时，被柳碧莹猛然推出家门。胡佐只好躲在办公室里过夜。老师们发现后开始在背后议论，有人同情胡佐，有人耻笑胡佐。女人们多半嫉妒馨兰，说如果不是林馨兰太过风骚，怎么会使共产党员堕落成流氓！在这个不允许有个人隐私的时代，流氓罪是非常严重的罪行，常常与反革命罪相提并论。人们似乎在指责林馨兰连累了胡佐，让他婚姻产生裂缝，名誉受到损害，弄得不好还要断送前程。这些议论让馨兰感到无比委屈。但是，至诚不这么看。

他对妻子说：这不能怪谁，都是荷尔蒙的罪过。每个男人都有释放荷尔蒙的时候，共产党员也要释放荷尔蒙。

至诚读大学时是生物系的高材生，虽然在国外生物学已经发展成了综合性的生命科学。但在中国生物学却没有得到足够的重视，他只能在中学做生物老师。尽管如此，他从未停止过对生物科学的研究，在暑假他完成了"猩猩基因的链状结构图"。虽然人和猩猩的基因有百分之九十五的相同之处，却因百分之五的不同，人成了高等动物，拥有非凡的智慧。

作为生命基础的化学秩序，基因的生物链真是美极了，如果人们希望过有秩序的生活，那就不能背离基本的生物学的生存法规。生物学把大自然看成是一条生物链或生命群落，每个物种都有自己的生存轨迹，虽然它们都是由有机体构成的，但不同的基因决定它们成为不同的种群。所有的生物都以繁殖的形式完成生物学上的使命，所有的生物都有生存的意志和死亡的必然，所有的生物在生或死之间有着千丝万缕的联系。

既然生命是以繁殖的形式完成的，渴望爱情是生物的本能，也是人类的本能。动物在求偶时会将自己的气味传给异性，人类会将体内的荷尔蒙散发出来，气味相同的荷尔蒙会刺激着性欲，求偶也是自然的事情。至诚认为在生物学家的眼里，无论是低级动物还是高等动物，只要是自然生态的反映，都经过了上亿年的进化，是崇高的，非常非常的纯洁，令人肃然起敬。但是，世界并不是生物学家说了算，道学家用理智制定了无数的规范、条例、标准、定理、公式、法则常常将活脱脱的生命纳入已经程式化的社会秩序。生物学家只能说：人就是一株总要发芽、生长、开花、结果，也总要凋零、枯萎、死亡、腐烂的生态树。

至诚说：我一点也不生胡佐的气，他虽然有点失态但能被人理解。希望所有的人用平常的心态来对待这件事。

舞会上发生的一切对于师范学校来说是一个可大可小的事件，假若柳碧莹不再闹事，它会慢慢平息。可是不谙世事的至诚居然邀请被赶出家门的胡佐到他家去住，这更加激起了柳碧莹的恼怒，也引发了更多不堪入耳的舆论把无辜的馨兰扯了进来。沸沸扬扬的流言蜚语不加遏制必然会再闹出点事来，还会损害学校上层的形象，厚生觉得自己有必要出面调解胡佐夫妻的关系，因为他从内心里不想让桃色新闻搅乱学校的正常秩序。

几年来，厚生和胡佐的合作非常默契。在厚生的眼里，胡佐非常特别，他追求的不是权力，不是利益，而是内心的自由。对权力他从不卑躬屈膝，既使权力在握也从不放纵自己，外表虽然粗犷，性情却很温柔，是那种与时而动、与物而化的性情中人，所以，他一时的失态可以理解为本能的冲动。

柳碧莹恰巧相反，总在不择手段追求权力追求荣誉，外表温柔内心冷酷。厚生不知道他们当年是怎么走到一起的。不过，既然成了夫妻，而且有了孩子，就只能劝他们和解。

厚生是学《哲学》的，无论做什么都要求有严密的逻辑性、要求内容和形式的统一，主观意识要服从客观规律，所有的矛盾既对立又统一，等等。理智让他变得高深莫测，说话时慢条斯理，脸上总是挂着宽厚的笑容，人们无法从他的表情窥视出他的内心。厚生知道不是人人都像他一样安份于理性的生活，尤其是知识分子们都想超然于世俗之外，却又总在进行灵与肉的博斗，在理性与感性的矛盾中生存。而且，他们的心理格外脆弱，又特别爱幻想。例如：《蒙娜丽莎》的迷人的微笑在人们眼里就是微笑，在知识分子的眼里，却是千姿百态。如甜蜜的，羞涩的，娇柔的，明朗的，神秘的，甚至可以是媚人的。还有，当他们漫步在月色之中，一弯媚月会变成他们的爱恋或哀怨，会向它寄托他们的思绪。总之，知识分子是富于想象的人。可是，想得太多会使简单的事情复杂化。

胡佐在灵与肉的博斗中竟然失去理智，这当然是他的不是，但是柳碧莹能够理智一些，像馨兰一样用爱心来保护他，又何至于使事态发展到如此地步。

厚生仔细地分析了柳碧莹的心理，认定柳碧莹属于非常自负的那一类女人，这样的女人是不会原谅男人在任何事情上叛逆她们的。但是，母爱的力量总是超乎寻常的伟大。柳碧莹非常爱儿子柳旭，为了儿子，她不会跟胡佐离婚。假若任她闹下去，接下来的受谤者是馨兰，要是胡佐能当着他和梅仪的面向柳碧莹认个错，她也会顺着阶梯下台。以胡佐倔强的性格，认错是不可能的，在这种状况下，只有先安抚好柳碧莹，待他们夫妻冷静后，自然会向对方伸出橄榄枝。

柳碧莹感到一阵阴森的冷风扑面而来，周围冷飕飕的。在她把胡佐推出门后，他竟不顾她的感受，头也不回地走了。碧莹独自躺在床上，天花板变成了阴云翻滚的天空。舞会上那双双起舞的倩影，毫不掩饰的情欲，不时在她眼前摇晃，恨就像汹涌咆哮的海浪冲击着她的心灵。

碧莹十八岁时认识胡佐，那时她是出了名的军中一枝花，而二十四岁的胡佐是师部最年青的参谋，他们的结合被认为是天设地造的一对。碧莹本来以为不出两年胡佐就会提拔为师级干部，没想到胡佐同意转业到这个小城市当学校的党委书记。从此，她没有好脸色给胡佐看。胡佐似乎毫不在意，一样的爱她，宠她。她知道体格强壮的丈夫贪恋的是她的肉体，性成了她任意摆布他的武器，有了这个武器，她在他面前骄纵得很。此刻，她最恨的不是胡佐，而是馨兰，那个浑身闪耀着迷人光环的女人竟当着她的面引诱她的丈夫，事后又将那羞答答和半遮半掩的样子做给所有的人看，把自己妆扮成无辜的受害者。也许，背着人她在妖里狐媚地勾引胡佐，不然胡佐敢做出那种疯狂的举动吗？她深信胡佐是以共产党员的高尚品格要求自己的。

那些无聊的男人们将她与馨兰比来比去，说她虽然有几分姿色却缺乏气质，更没有内涵，和林馨兰比起来那就是麻雀比凤凰。碧莹用整个身心在体验这些比较给她带来的仇恨和煎熬，把痛苦记在馨兰的帐上。

她想，一旦权在手，她决不放过林馨兰。放过她就是默许其他女人勾引自己的丈夫，默许胡佐挑衅自己。这次也不能轻易放过胡佐，不给他一个厉害，也许他会再次发生这种事情。自己既然把事情闹大了，学校对这件事就不会不闻不问，所有的面子她要在调解时挣回来。果然，她盼来了厚生夫妻俩。她明白不能在他们面前诋毁馨兰，紫苑的人总是相互庇护和彼此欣赏，她对厚生说：胡佐太无耻了，他以为灯光熄灭了，别人就看不见他在干什么？那天月色很好，很多人都看见他屁股在扭动，这让我的脸往哪儿搁？

人在安慰别人时，总会编出许多善意的谎言，谁能自始至终说真话呢？

厚生说：你想得太多了，大家都在跳舞，玩得都很开心，谁也不知道发生了什么。我是不知道发生了什么，梅仪，你知道吗？

梅仪说：这件事最有发言权的是馨兰，她告诉我，胡佐只是和她跳舞而已，你也不想想一支舞曲总共才五分钟，五分钟能干出什么？

厚生说：假若你说的是事实，老胡是失态了，请你看在我和梅仪的份上原谅他。假若他的心着了魔，你是个聪明人，一定要摆脱这困惑，让一家人过得愉快些。

梅仪说：在学校里谁不夸你温柔贤慧，谁又不羡慕你们这对神仙眷属呢？这么好的丈夫你也狠得下心来把他赶走。

厚生说：你把老胡赶出去只会增加你们夫妻之间的裂逢，让老师们误解他，他是学校的党委书记，你总得给他一个面子。不如这样，明天我和梅仪请你一家人吃饭，要老胡当着我的面给你认错。

安慰真是医疗精神创伤的一剂良药，在厚生和梅仪的再三劝慰下，本想再大闹一场的柳碧莹半推半就的同意让胡佐回家。当他们把这个好消息告诉胡佐时，胡佐冷冷地说：我已上级提出申请，明天就去中央党校学习，一切等我学习回来再说。

厚生暗暗叫苦，事情怎么会这么凑巧，这不明摆着让柳碧莹难堪。

五

　　周末的舞会照例举行，馨兰不再去跳舞，舞会的气氛也变得清冷。厚生宣布：学校暂时取消周末舞会。

　　胡佐的粗鲁并没给馨兰的心里留下阴影，不去跳舞是发现自己怀孕了。她欣喜地等待新生命的降临，女儿已经五岁，如果再生一个儿子，这一生一世就满足了。她把怀孕的消息告诉给所有的朋友，也想告诉柳碧莹，在这之前，她和柳碧莹是朋友。

　　馨兰第一次去拜访柳碧莹时，觉得她是个漂亮的女人，圆圆的头，圆圆的脸，淡淡的眉下是一双水灵灵的又大又圆的眼睛，鼻子精致到完善，薄薄的唇紧抿着，只显出一条缝，尖削的下巴有点短。馨兰左看右看总感觉那眼睛，有点像她家那只猫的眼睛，机警，敏锐，还有说不出的让人感到不安和冷酷无情。何况她说话总有点伤人，便不想和她交往。后来柳碧莹把柳旭交给孟奶奶照看，因为都是年轻的母亲，总有可聊的话题，渐渐地成了朋友。

　　听到柳碧莹和胡佐因为舞会的事吵架了，馨兰感到很内疚，如果不是因为她邀胡佐跳第三支舞，一切就不会这样。她很想去安慰柳碧莹，可是自己是当事人，见面会很尴尬，劝慰的话又怎么说得出口？馨兰是个率真的人，不愿意被人误解，不向碧莹表白歉意，始终感到惴惴不安。她神色抑郁地坐在紫藤架下，看见莎鸥向她走了过来。

　　莎鸥和馨兰是生活中最好的朋友。莎鸥在美国留过学，成名后才回故乡。回到故乡没多久就碰上了改朝换代，她的创作灵感被新的社会制度大大激发，那是与美国截然相反的社会制度，穷人成了国家的主人，于是她创作了很多的诗歌，散文，小说。她受到省长、市长和文化部长的多次接见。不过，社会安定了，阿谀逢迎和谎言也多起来，说真话的人生存与发展的机会少了。

最近，她有很多的烦恼。她的律师和当法官的好友都被定为历史反革命被枪毙了，她也曾在国民党政府做过高官的秘书。从旧社会过来的人，谁没有过与那个社会有着千丝万缕的关系呢？但是，逼近她的危险她还不知道，她的一个老朋友已定为胡风反党集团成员，只要运动扩大一点，她就会被捕。

莎鸥坐到馨兰对面，问：你怎么啦，为什么不高兴？

馨兰说：我想去给碧莹道歉，不知怎么开口。

莎鸥说：你弄错了，不是你要给她道歉，而是胡佐要给你道歉，胡佐太没教养了，非常粗俗，我看不起他。他太太很没风度很浅薄，在舞会上大吵大闹，不像个有身份的人。

馨兰说：你怎么这么说，你以前不是很喜欢他们吗？

莎欧说：在这以前我很尊敬胡佐，但不喜欢他太太，从来也没喜欢过。

馨兰的表情更加忧郁，她说：发生了这件事后，我觉很多人都变了，为什么呢？

莎鸥说：其实什么都没变，我不喜欢柳碧莹，柳碧莹心里是知道的。

柳旭遗传了他母亲那一双又大又圆的眼睛，又像他父亲一样，浓眉高鼻方唇，下巴饱满，黑色的自然的卷发，确是个非常漂亮可爱的男孩。可是他也非常淘气，会撒谎，会打架。他说：柔柔是峻哥哥的妹妹，可儿是我的妹妹，小昶没有妹妹。小昶说：可儿不是你妹妹，可儿没有哥哥。"啪"柳旭立马一拳打过去，小昶只会哭着：妈妈说过，好孩子不打人。

奶奶说人分善恶，昶儿性本善，旭儿性本恶。

春风吹过后，紫苑一派生机勃勃的景象。厚厚的紫藤花苞像一串串紫色的葡萄悬挂在花架上。石峻、石柔、李昶蒙着眼睛捉迷藏，他们的父母也站在一旁观看着。这时，小旭庇颠庇颠跑来，大声喊：我的爸爸回来啦！

就像春天里的一个响雷，紫苑的人立刻飞奔到苑子的门口。

只见胡佐抱着双拳从月亮门进来，大声说：诸位，久违了！原来，胡佐在中央党校学习了大半年后，现在回来了。随着时间的流逝，人们又有了新的关注热点，舞会上留给他的不良形象已渐渐淡化，紫苑的人也深切怀念起他这位旧日的朋友来。

刚刚坐完月子的馨兰热情地邀请胡佐到家一叙。他才坐下来，方秀芬立刻端来瓜子花生板栗桂花糖，还有腊味红鱼和美酒，她招呼着所有的老师坐下陪客。至诚端起酒杯，说：老胡我敬你，你是我的好朋友，好领导，好兄弟。

厚生握过胡佐的手后，说：老胡，太想念你了。你不在的时候，我和至诚者累坏了。以后又可以和你一起工作了，真是太好了。

老胡说：我的工作有了新的安排，组织上根据我的要求，把我调到西北军政大学去了。我今天是来向大家告别的。

厚生说：怎么会这样呢？大家合作得这么好，你怎么要求调动呢？老胡说：是我不好，把自己的荣誉给玷污了，我没有脸再在学校干下去。

莎鸥说：你敢承认那是个错误，你在我的心里还是个英雄，现在就没事了。

老胡叹着气摇摇头。

馨兰特别关心胡佐的婚姻，她问：你和碧莹商量好了吗，柳碧莹会和你一起调走吗？老胡说：我们离婚了。话刚落音，他看到人们惊讶的表情。

梅仪难过地说：怎么会这样，你们以前不是很恩爱吗？难道说你俩会完全不顾小旭，不念旧情？

老胡无限感叹地说：，我留恋过去美好的日子，也留恋这个家，是我把它给毁了。我特别特别的难过。我要离开儿子了，我不能给他一个完整的家，一份完整的快乐。他这么小，就要过没有父亲的生活。说到这里，他放声痛哭，用手背动人地拭着眼泪。聪明的小旭完全听懂了父亲的话，他哇哇的大哭起来。这一下，紫苑的女人们全哭了起来，男人们的眼睛也红红的。

良久，胡佐抬起头来，说：我去的是大西北，此去我们相离隔万水千山，我是舍不得你们的。

他把脸转向方秀芬，说：孟妈妈，你为小旭付出太多，我很感激你，但还想拜托你把小旭当成你的孙子一样疼爱。奶奶说：你放心吧，我会的。

胡佐把手伸向馨兰，馨兰轻轻回握。他说：馨兰，原谅我，我不是故意的。

馨兰说：已经说过很多遍了，是你自己把问题看得太严重了，你不该与碧莹离婚。

莎鸥说：我很为碧莹难过，她将来要独自面对很多问题。

胡佐说：我虽然和她分开了，希望你们能成为她的朋友，多多关心她。

大家说：你放心吧，我们会的！

至诚的弟弟至信这时已是一个意气风发，仪态俊雅的青年，胡佐叫他"小弟"，一直把他视为亲弟弟。此时他很有风度地把手伸给胡佐，说：胡大哥，一路顺风！

胡佐握住他的手，深深看了他一眼，问：就快上大学了，想报考什么学校？

至信说：我的理想就是做个外交官，准备报考外语大学。胡佐说：军医大学怎样？假如你想报考军医大学或军事院校就来找我。小弟，你一表人材，确实有外交官的气质。

至诚取出一本精美的日记本，说：借古人的诗为你送别，我坚信我们还会相见。于是在扉页写道：

> 千里黄云白日曛，北风吹雁雪纷纷，
> 莫愁前路无知己，天下无人不识君。

23

六

胡佐走后不久，莎鸥被逮捕了。

前一天，她站在讲台上讲课，正讲得神采飞扬，被铐上手铐带出去。她的朋友是胡风集团的成员，她也曾是国民党的官员，难逃其咎。她所有的作品都成了反党反人民的大毒草，她被交给学生们批判斗争时，头发被学生们揪掉一大半。

一个月以后，莎鸥自杀了。她不能接受强加在她身上的种种罪名，所以选择了自杀。

李保罗写了一份与莎鸥划清介线的申明书，把它贴在学校的墙报上。然后，流着泪亲手安葬了妻子。

原来，尊严、自由、美丽三位一体时，就会极其脆弱，稍有不慎便被残忍地粉碎了。

1957年初夏，是方秀芬的六十岁寿辰，奶奶照料紫苑所有的孩子和柳旭，还是临时来探亲的孩子们的保姆，她的生日成了师范学校的大事，何况又是六十大寿，大半个世纪的行程。

至诚摆了十桌酒席，百来人前来庆贺。宴席后，至诚夫妻、至信，可可、还有刚满百日的可琪围绕在祖母的周围拍摄了全家福。方秀芬说：再有十年如此光景，我就心满意足了。

不久，暑假来到了，以往所有的假期爸爸妈妈们天天陪伴着孩子们，紫苑里充满了快乐的笑声。可是今年暑假他们早就不见踪影。紫藤花已经凋谢，蝶萦蜂绕已经不再。可可和柔柔、小昶、小旭坐在回栏的两边看石峻画画，忽然觉得非常无聊，小旭说：我不想再长大。

小昶说，我出个谜语，你们来猜：解去三秋叶，能开二月花，过江三尺浪，入竹万竿斜。

可可说：我知道，这是妖风！石峻很惊讶，问：你是怎么知道的？

24

可可说，爸爸告诉妈妈，要整风了。

这时，风正刮起来，竹叶沙沙响着，如诉如泣，竹叶上的露水如泪珠般纷纷坠落。

虽然每次运动都来得又快又猛，厚生总能凭着他的敏锐的政治警觉，在运动来到之前闻出运动的味道。

五月份中央发出《关于整风运动的指示》，那上面说：由于党处于执政党的地位，有许多同志形成特权思想，因此有必要在全党进行一次反对官僚主义、宗派主义和主观主义的整风运动，整风的主题是正确处理人民内部矛盾的问题，运动要以和风细雨的方式进行。

于是，厚生每天晚上召开政治会议，要非党员给党中央和党员们提意见，帮助党员们纠正错误。

会上，柳碧莹说：整风运动以来，老师们个个摩拳擦掌，提了很多宝贵的，科学性很强的意见。但紫苑的老师们似乎有的点保守，不太积极。厚生同志，你是党的书记，政治上的见解特别多，应该敦促老师们给党提意见，特别是多给我提意见。我会诚心诚意地接受，并一定改正。

柳碧莹说完，眼睛盯着保罗。

保罗想了想，说：在美国，重视个人甚于重视社会，国家，民族或全人类，把每个个体的生存和发展视为社会的生存和发展的前提，并以个人的利益作为衡量社会制度是否合理的标准。美国人认为合理的社会应该为个体的自我发展提供最大的机会，否则便不合理。新中国刚成立时，我认为中国的制度有利于个人的发展。但是，去年的工商改造运动我不太接受。那些小小的作坊，都被国家改造成为国营企业。每年给原来的业主几元股金。那些企业虽然小，有的是几代人经营到现在，他们已经有了自己的品牌和信誉。国家把它霸占去，那些业主怎么活？这和打劫有什么区别？我没参加过土改，孟至诚参加过，可以听听他对土改的感受，那也是一场抢劫运动。

柳碧莹说：好啊，我正想听孟校长给我们党提意见。

至诚缓缓说道：土改运动已经过去几年了。那是新旧社会更替，不同社会制度变革的划时代的运动。社会主义的目的是消灭私有制，不过，这是个很长的过程。如果，我们的社会体制是建立在公平公正的制度上，无论是集体还是个人的劳动成果，都是个人的财富，应该受到法律保护。因为个人富裕了，国家就发展了。

梅仪说：对个于人财富是有法律范畴的，法律应该加大宣传力度。我们对学生的法律教育很不够，要增加课时。

柳碧莹问：那你们认为我们的社会制度公平吗？

俞竹说：绝对的公平是不可能的，但是相对的公平是社会公民必备的素质，应该加入到学生的素质教育。

林馨兰补充一条：学校所有的课都是围绕政治编写的，过分的强调政治，会使学生忽略人文关怀，到最后分辨不出政治和常识。

上午的会议只有厚生和张涛没有发言。下午厚生参加了由市党委召开的秘密会议。

厚生是以书记兼校长的双重身份参加市委召集的秘密会议的，会上宣读了毛主席的《事情正在起变化》一文，文章里，主席把社会各阶层人士分成左、中、右三派，并指出："在民主党派和高等学校中，右派表现得最坚决最猖狂。现在右派的进攻还没有达到顶点，他们正在兴高采烈。我们还要让他们猖狂一个时期，让他们走到顶点。他们越猖狂，对我们越有利。"厚生从最后一句话里闻出了浓浓的火药味，与他前期的判断相差迥异。

最让他惊讶的是，他看到和他一起参加会议的还有柳碧莹，按常规她是没有这个资格的。后来，会上宣读了反右领导小组的名单，组长是柳碧莹而不是他。在分配学校右派名额时，也没有征求过他的意见，任由柳碧莹一手遮天。这是多么反常啊！很快，他从柳碧莹和刘副市长的眼睛里看出他们非同寻常的关系，自古以来，中国人做大事，最讲究人际关系。为自己编织一张关系网，关系网中有呼风唤雨的人，那才意味着你将会要风得风，要雨得雨，懂得了这些，你才能做大你的事业。

厚生的关系网很广泛，中央有，省里有，市里也有，都是解放前在一起搞地下工作的同志或同窗好友。表面上，没有谁因为关系好就放弃原则。实际上，你中有我，我中有你，一损俱损，一荣俱荣。他的老上级教育厅长悄悄告诉他：主席在上海做了指示，让牛鬼蛇神出来闹一闹，要诱敌深入，让他们自投罗网。

厚生不由惊出一身冷汗，赶紧回家把会议记录重新誊写一遍，将自己说过的那些过激的言辞删除掉。

七

有些女人看似柔弱，却手眼通天，柳碧莹就是这种女人。她不想离婚，便以受害人的身份去找主管教育的副市长刘昆，她曾和胡佐一起去拜访过他。她想，凭着自己可怜兮兮的模样和能说会道的嘴，领导一定会出面说服胡佐。没想到刘昆说从第一次见到她，就非常欣赏她，他暗示，如果她能离婚，他也会离婚。就目前的情况，他愿意极度关照好她。她从刘昆的暗示里领会到，从现在起，她能得到她想要的一切。

她冷笑：胡佐算什么？一个小小的校长。刘昆才是这个城市呼风唤雨的人。于是她决定离婚！

一切都如她的心愿，整风运动来了，刘昆任命她担任学校整风反右运动的领导，让她在这个非常时刻，掌握生死予夺的大权。

刘昆的妻子患严重的肾病，不能过夫妻生活。被欲火烤灼得不堪忍受的刘昆把年轻漂亮的柳碧莹当成高贵的公主和顶礼膜拜的皇后。

不过，她只能躲在阴暗的角落里享受刘昆的爱情。

刘昆受到婚姻和市长身份的双重约束，要想名正言顺地与柳碧莹同居，只会让他的仕途一败涂地，聪明的做法是利用工作做幌子，苟且行事。

厚生作为校长兼党委书记，每星期向刘昆汇报工作。本来只要一小时的工作汇报，经常被无用的问话延长到一天。假若柳碧莹坐上校长的位子，假若她汇报一整天，谁又敢怀疑他们是在偷情？只有让柳碧莹取代石厚生当校长，才能达到"明修栈道，暗渡陈仓"的目的。

厚生是他们要拔去的第一颗钉子。

柳碧莹毫不留情地把厚生、至诚、保罗，白俞竹、馨兰和梅仪，列入右派名单，然后收集整理他们的反党材料，刘昆对她说过：凡犯"莫须有"罪的人都是被材料整死的，历次运动都这样。所以，你要特别的认真地看这几个人的材料，其他老师检举揭发他们的材料要无限扩大，无限上纲。

林馨兰在解放前是学生，无党无派，非常纯洁。解放后参加工作，每一年都是荣誉的获得者。再查她的父亲，是一个乡村小地主。

至诚的材料吸引着她，材料里有人举报他说，他说过土改运动中那些血腥惨烈的场面让他难以承受。柳碧莹看完材料后，把至诚的名字写进右派名单里第一个。林馨兰也必须死，不管她有多么优秀，要找出她的反党言论并不难。

厚生记得哲学家黑格尔说人的本性是恶的，革命家恩格斯认为恶是历史发展的伟大动力和杠杆。厚生认为：人是在多样化的动机的推动下，永不满足地向上追求的动物，为了满足自己，人会背叛秩序，会制造阴谋，会挑起人与人之间的冲突，会或明或暗地进行残酷而血腥的竞争，会用恶劣的手段满足自己的种种欲念。

超强的自我意识让厚生变成双重性格的人。他处处与人为善，表现出深厚的修养。在分析他人的种种动机时，却以性本恶为核心，层层抽丝剥茧将人的恶劣的本性分析得丝丝入扣。正因此他把柳碧莹的动机分析得入木三分。

厚生不是很看重校长的位置和权力，只是不想自己善良到软弱，善良到不会保护自己，善良到遭人暗算。他要让他们知道要打倒自己并不容易。

会后，厚生给省里那些关系密切的领导打了好多问候电话，他不能等到出事了再联络他们。他在电话里暗示刘与柳为了私情可能诬害于他，让他的老领导，老朋友们心中有数。

他不露声色地提醒紫苑里那些只管风花雪月不问政治的朋友们。也许他的敌人为了打倒他而必须首先打倒他们，他们就是与自己的仕途休戚相关的人。

他悄悄收集了保罗、至诚、馨兰和其他老师的材料，随时准备把他们抛出来保护自己。

可就在那一天保罗又在会上给党提了一大堆意见。晚上，厚生去了保罗家。他用极低的声音对保罗说：保罗，你怎么头冒傻气去提什么意见，说什么共产党运动太多，什么中国要向美国学习，搞议会制。中国的历史从来就是围绕政治权力的斗争而展开的等等。保罗同志，政治问题的决策，我们这些小知识分子从来就无缘置喙，我们只能沉默！沉默！！沉默！！！

保罗摊开双手，无奈地说：厚生，你知道我是尊重你的，可你不能把我当猴耍。之前你那么热切地要我给党提意见，而现在又出尔反尔，说我们对政治无缘置喙，你病了吗？发高烧了吗？我是按照你的要求去积极发言的。我又没有撒谎，只是说出了大家想说的话。

厚生说：是的，过去我要你们去大鸣大放，给党整风，但是，保罗同志，形势变了，给党提意见已经被曲解了，它甚至被别有用心的人利用，成为整人的运动。我只能说这是一场整风反右运动，它比以往任何运动都要严峻。对待政治以及国家大事，中国的知识分子历来两极分化，有的以天下为己任，奋不顾身的去担当社会责任。有的自以为清高，只想过风花雪月的日子，不想过问政治。现在，中央有人认为：假如失去了政治运动的威力，知识分子就不会老老实实地过日子。那么，我们就一定要设法保护自己，保罗，你懂吗？

保罗说：是的，现在右派越来越多，形势越来越严峻。每次看到右派分子被指责为党和人民的敌人，心里就特别难过。

厚生对梅仪说：我有责任提醒你，这次反右运动是建国以来斗争最为激烈的运动，柳碧莹有意针对我。一旦我成为右派，就会失去自由。所以不管你的态度是积极的还是消极的，也不管对方是威胁还是利诱，你都必须保持冷静，要沉默！沉默！！沉默！！！

与此同时，至诚神色凝重地对馨兰说：馨兰啊，我知道你是个仗义执言的人，容不得半句谎言。可是我们的前面已经有那么多人因为讲了真话而付出了惨重的代价。要明白这场运动是针对知识分子而展开的，你我都有可能成为下一个目标，所以，为了保护自己，我们必须保持沉默。

馨兰说：至诚，我要怎么做才能保护自己？在我的生活中，凡我看到的丑恶和卑鄙，我都在保持沉默。你说得对，你我都可能成为下一个右派。因此我觉得有一种力量是无形的也是无恶不作的，一旦与它相遇就会被伤得体无完肤。它，就是人们所说的厄运。"

方秀芬说：馨兰，俗话说不怕老虎三只眼，只怕坏人两样心。害人之心不可有，防人之心不可无。有些人确实是要防备的。戏文里说广知世事休开口，纵会人前只点头，何若连头都不点，也无烦恼也无忧。至诚劝你不讲话也是对的呀。

馨兰一字一顿对至诚说：生命诚可贵，爱情价更高。若为自由故，二者皆可抛。我心里始终珍藏着你赠给我的人生格言。我希望自己能生活在一个诚实的世界里，我不能为了个人的安逸去撒谎，去害人，我不愿苟且偷生。

方秀芬劝道：兰儿啊，千条路，万条路，你选中间那一条不好吗？

馨兰斩钉截铁地说：不行，我决不妥协。

八

反右运动到了白热化的程度，各民主党派的负责人都成了右派，被各大报纸点名批判。受人尊敬的专家学者被推上斗争台任人打耳光。大学里传出教授们跳楼自杀的消息。

在师范学校，柳碧莹内定的右派目标也都暴露出来了。只有厚生和张涛还没有右派言论。她猜测是厚生圈子里的人告诉他不要发出声音。她告诫自己要有耐心，像猫玩老鼠一样将石厚生玩死。然后，自己取代校长和书记的位置，登上第二师范权力的顶峰。决不能让他像泥鳅一样从她撒下的网中溜走，因此，她时尔威胁，时尔甜言蜜语，不露声色的执行上级布下的策略：引蛇出洞。

终于等得不耐烦，认为自己应该主动出击。柳碧莹在会议上说：老师们，整风是帮助我们党整掉歪风邪气，使广大人民群众更紧密地团结在党的周围，使我们的党更具有战斗力，号召力。至诚同志是学校的副校长，青年教师的楷模，党多年培养的对象。但是到现在还没有给党提上几条具有实际作用的意见，今天我很想听一听至诚同志对我们党的意见。

至诚说：小柳同志要我给党提意见，我还真的对党没有意见。我就给学校党委提个意见吧。我和大家一样非常积极地参加学校的义务劳动。但是学校的义务劳动是扫大街和运送垃圾，没有发挥出知识分子的特长，我建议今后的义务劳动，以下到工厂和农村为主，增加向工人农民学习的机会。

柳说：这个意见提得很好，很有实用性。党委会考虑，欢迎你再提一些。

至诚想了想说：三好学生是指思想好，学习好，身体好。我校的团员全是三好学生，这与事实不符，有些团员不爱运动，身体不好。

有人发出窃窃的笑声，柳以微笑掩饰恼怒，说：你在前几次的发言中不是在埋怨知识分子入党难吗？知识分子为什么会入党难呢，就是知识分子阳奉阴违两面三刀，以为自己有点学问，就对党委冷嘲热讽，尾巴翘到天上去了。在延安的时候，毛主席送给这些知识分子一副对联：墙上芦苇，头重脚轻根底浅，山间竹笋，嘴尖皮厚腹中空。对于这样的知识分子，党是要长久考验的。至诚同志你能同意我的见解吗？

至诚明明知道柳在中伤自己和那些与自己有同样遭遇的同事，也完全有事实驳斥她，但是他谦卑地回答：我同意。

柳碧莹冷笑一声说：厚生同志是书记、校长，更应该给党提出中肯的意见，这才算对党忠诚。有时要同志们发言，他们说校长平日侃侃而谈，口若悬河，现在像掐去头的苍蝇，连哼哼的声音都没有。

厚生说：那是同志们在恭维我，给党整风是共产党员的职责。但是我们的党是光荣的党伟大的党正确的党，会有那么多的缺点吗？说到意见，总会有一些。市中心马路的坡太陡，骑自行车的人总是刹不住车，每天都有撞伤人的事发生，有的还酿成大祸，都好几年了，市委就不能开个会研究一下，把坡挖平。地方上的官僚主义影响民生。

"厚生同志，不要王顾左右而言他。我们的党关心的是党的政策问题，而不是地方上的马路。反右运动就是让右派分了暴露出来。你不是老说共产党喜欢算旧账，算了父亲的还要算祖宗的，这种算账法束缚了知识分子的积极性。你说知识分子都是从旧社会过来的，这么算来算去，知识分子里就没有好人了。希望你好好分析一下党对知分子的政策，再提一些建议。"

厚生说：我是说过这样的话，但你不能曲意理解，更不能牵强附会说到"政策"二字。

柳说：那么，运动这么久了，你写过一张大字报吗？你不带头写，其他老师也就不会写。第二师范岂不是变成旷野无人，任凭虎狼猖狂，妖风肆虐。

她用眼睛扫过孟至诚、林馨兰、梅仪、俞竹、李保罗，眼睛里充满挑衅，说：不要以为不发言就可以躲过这场运动，蛇的本质是咬人，闭口蛇更毒。

馨兰再也无法忍受，拍案而起，说：满嘴谎言，荒唐卑鄙！真是欲加之罪，何患无词！你说的妖风，虎狼完全是对我们老师的污蔑。石校长说的是，党对知识分子的政策是重在政治表现，他关心和爱护每一个教师，担心他们受到伤害。他是个有原则也有爱心的领导。而你柳碧莹，曾经把正在生病的保姆赶出家门，至使保姆在风雪里丧生。难道说共产党员除了要对党忠心，就不要良心、爱心、诚心？你不是口口声声要我们给你提意见吗？我就给你个人提这一条，希望你能对党有诚心，对人民有爱心，对老师们有良心。我相信，知识分子在某一个特定的时期会受到委屈，但历史会做出正确的结论。

馨兰以为自己的发言仅仅是针对柳碧莹的，仅此而已。第二天她被隔离审查，被宣布为右派之最。

运动的后期是对右派分子进行检举、批判和斗争。右派成了过街老鼠，人人喊打。

可可感到家里的气氛变了，大人们的脸上再没笑容，奶奶还不断用衣袖抹着眼泪，父亲一回来她立即问：今天怎样？

"又挨打了。"

"是些什么人在打人？"

"有揭发和告密的老师，也有不懂事的学生。"

"都是读圣人书的，怎么会这样？"

"馨兰得罪了柳碧莹。"

"碧莹的旭儿每天都是在我家吃饱才回去的，我收过她一分钱吗？她怎么能这么不讲良心，真是一样的谷子吃出百样的人啊。"

可可问：爸爸，妈妈是右派吗，我听柳旭说，右派右派，是个妖怪，剥了他的皮，他就变麻怪（麻怪意为青蛙，是当地方言）。所以，他对我说，看到右派就要扔石头，打他们。

"可可，你的妈妈呀，她被打成右派了，但她不是妖怪，永远都不是。"父亲搂住女儿泣不成声。

可可不敢相信，无法把右派和美丽善良的妈妈联系在一起。成了右派的妈妈会不会像学校的那只流浪狗，被人追打得无处可逃走？要真的是那样，她该怎么办？

保罗在会议上有太多的右派言论，加上他的历史问题，和馨兰一起被关押在学校堆放杂物的后院里，除了交待自己的反党罪行，还要接受群众的斗争。他们从受人尊敬的教师一下子变成人尽可欺的反革命，这种身份的转换令人难以接受，不仅是自己，还有家人。

自从馨兰定为右派，至诚像遭遇天塌地陷一般。柳碧莹不顾他的感受，逼他检举馨兰的反党言行。

这个女人太邪恶了！

至诚站在生物学的观点上认真分析，雄性动物在争夺地盘或妻妾时会不顾一切将另一个雄性对手击败，而雌性是温顺的，彼此间和睦相处，只有狼群是个例外。柳碧莹竟然是只非洲高原上的母狼。她和馨兰同是女人，却像那恶毒的母狼一样，要将馨兰置于死地！

在馨兰没定为右派前，柳碧莹看馨兰的眼睛充满恨意，现在是得意的微笑。尤其在斗争会上，柳碧莹总是煽动台下的人冲上台去殴打馨兰。

每次挨打，馨兰的眼睛里充满恐惧，无助和绝望，泪流满面。而柳碧莹用恶狼一般的眼睛瞄着至诚，笑得露出白森森的牙齿。

每逢此刻，至诚的心在流着血，他们逼他看下去，直到斗争会结束。

平时，至诚是那样的爱妻子，真是捧在手心怕飞了，含在嘴里怕化了，而此时眼睁睁的看着她被人作践，自己竟毫无办法。柳碧莹不仅在作践自己的女人，也是在作践他的爱情。他和馨兰之间的爱情就像神话一样，不但纯洁，还有着永恒的魅力。

至诚没恨过任何人，但他恨不得将柳碧莹剁成肉泥。

好几次，至诚在看到馨兰挨打时，恨不得冲上台去。他竭力控制自己，转过脸去看俞竹，俞竹和他一样被勒令站在台下看爱人被别人打被别人作贱。不一样的是俞竹显得很平静，她凝视着台上的丈夫，人们看不出她在想什么，那表情是坚毅的。于是至诚挺直身子，不让自己倒下去。

九

　　梅仪提着颜料和画笔走进紫苑，秋风凉嗖嗖地刮过，她不由打了个寒颤。前一天，柳碧莹通知她，必须在两天内为学校所有的右派画一幅漫画，反映右派们的反党本质。上级就要来检查，漫画、大字报要置于学校最显眼的地方。关于漫画，右派们画成什么画在什么地方都已由柳碧莹定好。

　　保罗和馨兰的漫画就画在紫苑门前。月亮门两边的墙刚刚粉刷过，雪白雪白的。

　　梅仪长长叹口气，要不是为了厚生，她懒得理那个姓柳的。什么东西，狐假虎威的，要人家帮他们做事，连个商量都没有，两天画十六张漫画，真没人性！可是厚生现在的处境令她揪心，他像置身在看不见的炸药上，只要导火线被点燃，随时都会被炸得粉身碎骨。她敢违抗柳碧莹或反右领导小组的指令吗？

　　她在右边的墙上勾出一张女人的脸来，杏仁脸型，漆黑的眉向上飞扬，又大又黑的眼睛顾盼生辉，高高的鼻梁，纤巧的嘴角。这张脸色有点像林馨兰，又不能太像，加上些戏剧脸谱，使它变成一张小丑的脸。接下来画脖子，脖子长长的，有点像馨兰的脖子，又像蛇的身子，再往下画就是蛇，最后画出来的是一条盘缠成一团的美女蛇，太阳正照耀在美女蛇的头顶上。

　　接着她在左边的墙上作画。先画了一些快要倒下的楼房，接下来画破烂的汽车，楼房和汽车代表没落的资本主义。再画马的头牛的身，最后她开始仔细地画马的眼睛。眼睛很夸张，蓝色的眼底像没有一丝云彩的天空，棕色的眼珠像一个谜，浓密的睫毛就像一片云彩。

　　这时她看见可珍吃力地抱着半岁大的可琪走过来。可珍不但漂

37

亮，还聪明绝顶，像个小精灵，什么事都瞒不住她。

果然，可珍看到漫画就激动得大喊："这是保罗的眼睛！"接着对梅仪说："梅姨，你画得真好，我好喜欢这眼睛。"

梅仪说："保罗的眼睛很大很迷人，总给人无限想象的空间。"

"梅姨，你画的是不是牛头马面？"可珍问。

"是吧。"梅仪答。

可珍盯着右边的漫画看了好久，指着美女蛇问："这是什么呀？"梅仪说："美女蛇。""它在干什么呢？""朝太阳吐口水。""太阳那么高，它吐得到吗？""当然吐不到。"

"梅姨，这是我的妈妈吗？"

梅仪没有回答，只是无奈的一笑，说：小孩子，回家去吧！

"你画的一定是我的妈妈！"可珍伤心地哭了。

看到可珍的眼泪，梅仪的泪水也夺眶而出。她问自己：你画了些什么呀，是纤巧细腻的江南风光还是雄壮粗犷的大草原？是无边无际的波涛汹涌的大海还是飞天式的古典美女？这些似人似怪的东西表现了什么？童话？史前动物？阴柔的美？和谐与力量？毫无疑问统统不是，只是一个政治伎俩。

梅仪和厚生结婚时曾经约定，宁愿不要孩子，也要画出惊世骇俗的作品来。她的毕业作品被送到国际博览会参展时，导师对她说：梅仪，艺术之门就是地狱之门。你是我最有才华的弟子，你想让艺术之光照耀着自己美好的人生，就不能迈入仕途，不能追求财富，不能被世俗的享受诱惑，不能介入权利之争，因为那些会耗费你宝贵的时间。你的一生一世只能为绘画艺术而活着，你的所有的作品只能为艺术而产生，这样，你才能成为大师，创作出了不可模仿不可替代的作品。艺术是一代一代大师们传承下来的最高境界的精神享受，是艺术家们心中是最崇高最圣洁的神。你能将自己所有的奋斗与努力奉献给绘画艺术，而且从不向权势屈服，就走这条路吧，否则，早早放弃。

从那时起，梅仪把绘画当成自己的第二身躯，坚信只要画出传世作品，就可以使生命得以延伸。她从未想过放弃。但今天她陷入深深的自责之中：是什么让你的人格分裂，竟伤害了一个六岁的女孩！她那么爱她的妈妈，你却把她的妈妈画成一条蛇。你有没有良心？还有小昶，今天他还不知道他的爸爸被画成魔鬼，要是在明天或以后知道了，他会不会像可儿一样伤心地哭泣？你的艺术家的良心到哪里去了啊？与其这样，不如现在就放弃那个成为大师的理想吧。

梅仪恨不得砍断双手。她用尽平生最大的力气将颜料和画笔抛向天际，歇斯底里地大喊：我不画啦！

这张漫画留在墙上好多年，伴随可珍长大。每当可珍站在漫画前，心都在流血。她说：梅姨呀梅姨，记得爸爸说过，梅仪是妈妈无话不谈的朋友。妈妈是一个最看重友谊的人，她要是知道被好朋友画成毒蛇，心里不知会有多么难过。但是，可珍不会把它擦掉，当她走到漫画面前时，看到的是一张完美的脸：几分端庄，几分妖冶，几分温婉，几分凄楚。不笑而媚，无怒而威。这就是她的妈妈！

十

　　赤日如火的夏季过去了，草木凋零的秋季也过去了，直到天寒地冻的冬季馨兰才回到家中。这时反右运动已经结束，所有的人都有了结论。学校三分之一的老师都成了右派，他们在等待发落。馨兰和保罗，开除公职，发配到去农场劳动改造。柳碧莹因超额完成右派任务升为校长。

　　馨兰被关押了两个月，回来时衣衫不整，消瘦而苍白，往日的美丽不复存在。她不再神采飞扬，表情是那样的落寞，她用眼睛慢慢地读遍家里的每一个人，每一个角落。然后伏在婆母的肩头上失声痛哭。方秀芬说：我的儿，别哭，莫要把我的心哭碎了。我已买了黄芪党参阿胶当归，煎服百日后，再用人参鹿茸慢慢调理，你会很快恢复的，还会是一个漂亮的兰儿。

　　馨兰说：妈妈，我恐怕没有这个福气了，我只是回来拿几件衣服，明天上午就要走。

　　这句话就像晴天霹雳，至诚顿时六神无主，目光散乱，嘴唇颤抖着，一句话也说不出来。

　　馨兰搂过儿女，她把脸紧紧贴他们在身上，她的双肩剧烈地抖动。流着眼泪说：我没有听你们父亲的话，害了全家，我只有以死抵罪。

　　她用双手把脸紧紧捂住，泪水从指缝里流出来。

　　第二天，是馨兰去服刑的日子。她把头发盘成高高的发髻，身穿一件银鼠皮灰绫紧身袄，衣领上镶着一圈雪白的皮毛，把脸衬得又白又媚，外面披的是一件薄薄的打着很多褶皱的粉绿色风衣，火红色的丝巾在胸前飘动。可是她太瘦太瘦，以致显得弱不胜衣。不过，她依然高贵而美丽。

可儿走过去搂住妈妈的腰,馨兰弯下身来吻了吻可儿,她的心里,对女儿有很多很多的叮咛,这些叮咛让她心如刀割。

至诚提起行李,说:让我送送你吧。

昶也在送他的爸爸。莎欧去世了,保罗把儿子托付给俞竹。俞竹正用充满爱怜的眼睛看着保罗和昶。保罗说:我真不知道我究竟说错了什么,做错了什么?我曾经那么听党的话,在莎鸥死的时候还申明与她脱离政治关系。现在回想起来,我都恨死自己了。

此刻,厚生带着石峻石柔朝馨兰奔来,他大声说:馨兰,保罗,我们来给你们送行来了。

当厚生握住馨兰的手时,馨兰的眼泪滚滚而流。她说:我真后悔没有听你和至诚的劝告,以致给家人带来这么多的苦难。我自己也几乎崩溃,我挨了那么多的打,每次他们打我时,我都害怕极了,我哭泣着哀求着,可是没有用。

厚生说:馨兰,你是为我仗义执言,你在我的心里永远是勇敢而坚强的,没有谁能像你一样,有那么大的勇气与邪恶的柳碧莹抗挣。

馨兰说:校长,坚强只是我的表面,脆弱才是我的实质,我是真正的外强中干,已经完全没有勇气了。我有一种不祥的预感,这一去就不会再回来。你告诉我,我究竟说错了什么,做错了什么,竟被一场反右运动害得家庭破碎,生离死别。

厚生说:你什么错也没有。你的错是柳碧莹强加给你的。你很快会回来的,不是说好只有三个月吗?三个月很快就过去了。相信我,寒冷的冬天即将过去,明媚的春天就要来临,当紫藤花开的时候,我们还会像以往一样快乐。

出发的时刻已经来临,馨兰再一次抱过可琪,然后拉着可可的手,拭去满脸的泪水。大人们都面带苦笑,轻轻交谈,缓缓而行。此刻人们才注意到每个人都穿上平日最好看的衣服,好像去赴一次盛宴。

当他们到达学校门口时，所有的右派都已经集合好，馨兰放开可可的手，吻吻她的脸，走入右派们的行列，至诚看到她抬起头，双手交握在胸前，寒风吹起她长长的丝巾，她的宽大的风衣也在风中飘舞，背后是无数凋零的荷叶。

告别时，馨兰向大家点点头，很快走到队伍的最前面。保罗帮她提着行李，她昂着头，依然把双手交握在胸前，因为瘦而双肩微微耸立，红色的丝巾在凛冽的北风中飘拂，风衣随风扬起，愈行愈远，于是整个天宇在她的身后展开。

忽然，送行的队伍里，方秀芬大声哭喊：这是什么世道啊，不要审判就可以坐牢，不要犯法就可以判刑。这是哪朝哪代的律法啊！

米丘林园艺场里，大面积的荒山等待开垦，右派们就在这里通过做苦役进行思想改造。

馨兰走进布满尘土的土砖屋，第一件事就是脱去外衣，换上从家里带来的旧衣服，用旧的头巾把头发包裹好。花了好长时间把房子打扫干净，刚想坐在床沿上歇会，管教过来说这不是她住的地方，她住的是隔壁的那一间。她不得不拖着疲乏的身子打扫另一间同样肮脏的屋子。那一天，她累得吃不下一点东西。晚上，右派们站在冰冷潮湿的土坪上听管教干部作报告，报告从国际国内形势大好说起，一直说到右派们每天必须六点起床，每天完成十亩垦荒任务才能收工等等，馨兰足足吹了两小时的寒冷的北风。

馨兰被冻病了，发着高烧，吃不进东西，浑身无力，使尽所有的力气也只能把锄头举到胸口上。第二天，馨兰被大会批评，说她进度太慢，简直是在磨洋工。馨兰真是百口莫辩，自己的确是尽力了。刚刚两天，馨兰已为自己的无用背着人流下了许多眼泪。

经过保罗再三请求，管教终于同意将保罗和馨兰编进同一个改造组，保罗站在馨兰的身边，高高地举起锄头，一人干着两人该干的活。饭太少，保罗吃不饱，馨兰把自己那一份的多半倒进保罗的碗中，说：谢谢，认识你真是我的福气！保罗说：我吃你的饭哩。馨兰说：这哪里是饭，是红薯汤。等回到学校我请你吃大片牛肉米粉。

没多久，馨兰又有了新的问题，她感到恶心，什么都不想吃，连走路的力气都没有。保罗问她：你是不是怀孕了？馨兰说：我也不知道，自从打成右派，我的例假就没正常过。

保罗说：你应该去检查一下身体。馨兰说：这样的活着也没什么意思，听天由命吧！

保罗说：把你的尿样给我，我有办法检验你是否怀孕。

当保罗检测出馨兰是怀孕了时，不禁对她无限敬佩。这个看似娇柔的女人，竟这么坚强，从未对管教她的人请求过什么，那么难以咽下的饭菜她也硬吞下去，那么沉重的劳动她从早干到晚，这需要多么惊人的毅力啊！

晚上，保罗走进管教办公室，他对主管干部说：林馨兰怀孕了，需要休息。主管说：怀孕也要休息，没听说过。我那个乡下的婆娘，为我生了五个崽女，我从没让她休息过一天。保罗说：我如果完成她那份任务，就让她休息几天，行吗？主管想了好久说：等我们研究好了再告诉你。又问：她是你的什么人，你怎么就把她看得那么金贵？保罗说：她是我的病人。我想向场部请求，每天给病号们增加一个鸡蛋。主管说：又要休息又要增加营养，还叫什么劳动改造？

馨兰得到批准，可以休息几天。她躺在床上，那游丝断缕一般的回忆就像每天的必修课程，让她一遍遍重温。她想，在此之前，上天真是太慷慨了，赐予她令人羡慕的一切：健康，美貌，荣誉、财富。虽然家里不是很有钱，但足以维持舒适的生活。她还拥有被人赞叹的爱情和活泼伶俐的儿女。丈夫和婆婆都对她百般疼爱，她的事业也让人瞩目。

现在她却孤独地躺在黑暗冰冷的土砖屋里，风呼呼地吹进来，吹得她直打寒颤。

唉，我不应该老回忆这些，先哲们说过，在不幸中回忆幸福的时光，再没有比这更大的痛苦。

风实在太大了，她想给自己添件衣服，硬撑着起来打开衣箱。箱子里的镜子照着她苍白消瘦的脸，她不由惊呼：我怎么变成了这个样子？

馨兰的确消瘦得失去了原来的模样，颧骨高高突起，眼睛变成两个深深下陷的黑洞，头发干枯，浑身上下没有一点血色。

她合上箱子，坐在寒风里，呆呆地想：右派分子到底错在哪里？就像犯了滔天大罪，失去了做人的尊严，失去了工作，失去了工资，失去了健康，失去了美丽，我的人生还剩下什么？我将来拿什么养活自己？

一个管教搬来一大箩豆子，说：你把这些豆子中壮硕的择好作种子。

馨兰有气无力地说：放在这儿吧。管教放下豆子走了。馨兰费力地抓起一把豆子，这时她才注意到自己的手指。这十个手指尖尖的，曾经白晰、修长、圆润，从指缝里流出的是美好动人的音符，多少人被它感动过，多少人对它赞美过。现在它瘦得皮包骨头，指尖上有了厚厚的茧。豆子从失神的馨兰的手中流下来，她恨恨地想：我为什么要择豆子，我都这个样子了，你们还不肯放过我，我到底做错了什么？我不过是说了柳碧莹的实话就说我反党，柳碧莹能代表党吗？这个没人性的女人是什么时候成了共产党？对这样的女人说真话，希望她有正义感，我这不是傻又是什么？

是的，太幼稚了。

命运曾经让我站在一个大舞台上，给我绚丽的灯光，华美的服饰，光彩夺目的背景，无可挑剔的伴奏。不管我表演什么，都能吸引观众的目光，不管我是否当真，都给我掌声。因为这个舞台是为我提供的。

后来，灯光突然熄灭了。也没有了舞台布景，我穿着日常的服饰，也许我表演得更好，更卖力，却没有人来喝彩，来欣赏，来赞美，人们甚至看都不看我一眼。因为这个舞台太平庸了，它乱哄哄的，任何人都可以上来表演一番。人们不再认为我是个天才的演员，因为整个舞台在演着一场闹剧。

命运啊，能否再给我一个舞台，让我继续演奏精彩的好听的乐曲？假如不可以，那么，让我谢幕吧。当幕布落下来，我就回到黑暗中去馨兰觉得喉咙里有股腥味冒上来，张嘴便吐出血来，心头还在发热，血直往喉咙里冒，她大口大口的吐着血，渐渐昏迷过去。

也不知过了多久，她听见有人在唱一支古老的歌，韵味悠长，非常非常的怀旧，她想知道是什么人在唱，要不要她伴奏。她努力睁开眼睛，黑夜深邃如海。

有一簇火把引导她往前走，远处有了暗红色的霞光，像血液浸漫过来，哦，那是未来的世界，陌生、恐惧、又有点亲切，至诚突然从黑暗中闪现出来，拉住她，不让她走，相互对视之中，潜含着说不清，道不明，却又心心相印的内在交流。

可珍和可琪向她跑过来，她欣喜地张开双臂拥抱他们，他们立刻变成了两只蝴蝶，飘飘忽忽地栖在一片叶上，吮着那叶上的露珠。

我要是那片树叶就好了，馨兰这么想。她的身子忽然轻飘飘的，果真变成了树叶，风把她吹得上下翻滚，她想靠近那两只蝴蝶，可是做不到，她在狂风中旋转，有一些音符从那边的世界飘了过来，非常优美，像那天籁之音，她想用小提琴录制下来，便费力举起手来，渐渐地失去意识。

　无　题

我想弹着琴弦，
插上思想的翅膀，
自由地飞翔在巍峨的高山。
可夜色笼罩着，大地一片漆黑，
我迷失在无际的黑暗。

我吟唱着继续前行，
在黑暗里寻找着天堂。
我梦幻般穿过萋萋草地——用鲜花编织五彩花环。
我要顶礼膜拜，将花环奉献给我心驰神往的天堂。
啊——，
夜幕似乎在天空中消失，
天边透出暗红色的光亮。

在一丝光亮里，
我看到强权正疯狂地挥舞着魔掌；
正义被锁进阴森森的牢房；
谎言在狰狞的狂笑；
自由被打得遍体鳞伤。

死神穿着白袍，来到我身边。
他说：这里是地狱，不是天堂。
地狱里不能有歌声，你不能吟唱。
况且，你的生命已流血死亡。

我问：我的爱人呢？我的希望？
哦，他们和你一样，也已流血死亡，
你们的血就是天边那暗红色的光。

我明白了：那是曙光。
于是我咽下了最后一口气。

十一

春节来临了，紫苑里雪白的兰花尽情绽放，可可坐在紫藤架下，盼望着紫藤的花骨朵快点绽放。至诚匆匆走来拉着她的手说：可儿，我们赶紧到妈妈那儿去。

妈妈在米丘林园艺场改造，爸爸带可可去过一次。

当他们走进冰冷潮湿的土墙屋时，看见馨兰躺在那里像大理石雕像，一动不动，脸色苍白。她的周围吐满鲜血，墙上、被子上、地上，她的手臂抬起，手指微微弯曲，像是在拉生命里最后一曲小提琴。

馨兰没有等到他们，已经死了。

至诚简直不相信，他的单纯、热情、充满青春的活力的妻子死了。他不相信才华出众、超凡脱俗的馨兰变成一副骨架摆在土砖堆上。她的艺术家的梦想，对美好生活的眷恋都变成落花流水，随风飘逝而去。她向往的尊严、美丽、自由，竟如此脆弱，稍有不慎便被残忍地粉碎了。

当保罗告诉至诚，馨兰是累得生病才死的，她怀着孩子，得不到休息，馨兰是一尸两命。至诚立刻昏过去，朦胧中，他看到一株仙人掌和一个少女站在太阳和沙漠之间，那个少女就是馨兰，他想要接近她，拥抱她，但口渴得厉害，浑身无力，他喊：水。

保罗将水滴入至诚口里，至诚苏醒过来，哭着说：是我害死了馨兰。

至诚沉痛地回忆起，那天馨兰回家，内心是那么的苦，情绪是那样的低落，身体疲惫到了极点，她什么都不想做。但是，她那有血有肉活生生的胴体强烈地刺激着他沉睡了几个月的情欲，他要和她做

47

爱。馨兰极力地反抗着，她说：你这么做会害死我的。他近乎粗暴的占有她，全身心的体验性爱的莫大快乐，不是爱情而是女人给他的快乐。这些天来所有的压抑、痛苦、焦虑、惧怕都在那一刻得以释放。于是馨兰怀孕了，一时的迷失，终结的是馨兰和未曾谋面的孩子的生命，儿女们的母爱，自己美满的婚姻。

人生难道只能玩味痛苦？为了这短暂的贪欲，就要耗尽他一生一世的幸福？

至诚把馨兰安葬在学校对面的大青山上，坟墓下面是荷塘。下葬的时候，天下着雨。紫苑的人都在，还有馨兰的母亲和姐姐。他们流着泪，默默地将馨兰送进墓地。馨兰的墓碑没有名字，至诚将《爱莲说》刻在冰冷的墓碑上。

至诚从墓地回来后，大病一场，耳边总有个声音在说：你这么做会害死我的！

没有谁理解至诚破碎的，痛悔的心。人们用怜悯的眼光看着刚刚一岁的可琪，六岁的可珍，还有日趋衰老的馨兰的母亲。人们哀叹着这一家人的不幸，哀叹着这个失去妻子的男人。人们不知道他的心已碎了，万念俱灰。

馨兰在去米丘林园艺场的路上就怀上他的孩子，那孩子给了她多么沉重的负担。孩子吸吮着她的血，而她却得不到营养补充。他什么都不知道，没有给过她半点帮助，假如没有孩子的拖累，馨兰会熬过去的，之前她是那么的健康。每想到这里，至诚的心因痛悔而流出血来。

从认识馨兰的那一天起，至诚就认定今生今世牵着她的手走过这五味陈杂的人生。他并非认为他的人生之路会铺满玫瑰，但他会努力去做，会耗尽心血给馨兰幸福。他对她说：执子之手，与子偕老。那情景就像在昨天。没料到她会走得这么早，而且是他害死她的。

紫藤花开的时候，至诚已经腰不能直，脚不能走，头痛欲裂，双眼渐渐凹下去，变成两个深深的黑洞，高大英俊的男人形销骨立。

一天，至诚跪倒在母亲面前，撕心裂肺地喊：妈，让我去死吧！

母亲哭着说：儿啊，你天天沉浸在悲痛之中，想没想过我有多心疼？

至诚说：都怪我没用，馨兰因为怀上我的孩子才会死的，我活着还有什么意思？

母亲说：儿啊，万般皆由命，半点不由人。所有一切都不是你的过错，是命运的安排，要相信命，一切都是命中注定的。

至诚说：妈，你老别劝了，儿子在这里给你磕个头，你就放儿子走吧。接着是一阵深沉而惨痛的、无泪的呜咽。

母亲说：儿啊，馨兰的死不能怪你，她是被打死的。如果她不被打伤，怀孩子的女人会比平时更健康。

就在这时，一个学生匆匆跑来，说：孟老师，柳校长要你马上去大操场。

至诚缓缓站了起来，擦干眼泪，勾着头，拖着沉重的脚步慢慢走了。

十二

所有的右派都在那儿集合，操场周围停了几辆军车，几十个军人全副武装包围着操场，气氛十分紧张。

柳碧莹站在台上，她巡视了一下右派们，说：现在，我宣布两件事。第一件，反右运动胜利结束，所有的右派和反党分子都已成为铁案，永世不得翻案。经审查，以下点名的是历史反革命，站到操场右边，立即送群力煤矿劳改。

有十几个老师站到了操场右边，保罗和张涛在其中。

第二件事，大家听好。党和政府对右派宽大处理，送你们去洞庭湖农场劳动教养半年。注意，是劳动教养不是劳改，说明右派是人民内部矛盾。学校补划一个右派，就是原来漏网的孟至诚。现在给你们半小时清理生活用品，然后出发。

话刚落音，保罗他们已被戴上手铐推上囚车。右派们全吓得浑身发抖。谁都知道保罗经过镇反肃反运动后，历史已经被调查清楚。他在抗日战争时，在国民党部队当过一个小医官，抗战一结束，他就离开部队自己开诊所了。48年，他父母相继离世。他的未成年的弟弟随叔叔去了美国，这是他历史的一个污点。这一次受老婆莎鸥的影响，又逢反右运动，他被定为历史反革命。

张涛曾是黄埔军校的教官，他侥幸度过前面几次运动，但没躲过反右。也许，没有人能躲得过柳碧莹。

厚生向上级反映了刘、柳的作风问题，结果插了白旗，是准右派，留党察看。俞竹，梅仪都插了白旗。柳碧莹身兼校长书记双重职务。

厚生被撤去了校长职务，事实证明刘昆的那一派赢了。

　　总之，今天站在操场上的人都在劫难逃。学生们排着队站在操场外，学生干部带头喊口号：打倒右派分子！打倒反党分子！打倒反革命分子！有的捡起地上的石头扔向他们。本来鼻青脸肿的右派们，有的头上又被石头砸得鲜血直流。

　　至诚失魂落魄回到家，见到母亲，身体猛的颤抖一下，不由自主跪倒在地。他跪着走过去抱着可可和琪琪呜咽着说：我的可怜的孩子啊，我要怎么面对你们的母亲呢，我怎么舍得抛下我的可怜的孩子呢？

　　方秀芬看见至诚的肩和背部都在发抖，那是绝望的人才会有的颤抖，不由十分心痛。

　　她说：至诚啊，我们孟家只有儿孙满堂之幸福，没有将子孙送人之悲哀。你到底有什么过不去的坎？

　　好久，至诚才站起来，说：妈，我被补划为右派，就要到洞庭湖去劳动改造，说是半年，谁知道有多久？您已六十多岁，可儿琪儿还小，我不把他们送人，你们将怎么活呀！

　　方秀芬说：儿啊，躲脱不是祸，是祸躲不脱。我们一家人就听天由命吧！

　　宝庆城，方圆不过十里。走在街上的红男绿女多半是些熟悉的面孔，街坊邻居的红白喜事，左邻右舍的鸡零狗碎都是酒后茶余闲谈的资料。如果有男女风流韵事耳朵都能听出茧来。

　　这几天，右派分子、历史反革命分子，坏分子都要送到洞庭湖去劳动改造的消息，被传得沸沸扬扬，人人都知道他们必须赶在春汛来临前到达洞庭湖围湖修堤。那是非常艰难的劳动改造。还有，右派们在相互揭发，相互折磨。相传昨天在批斗会上，那些已经被划成右派的老师互相扇耳光，今天一个个脸肿得像煮熟的猪头。

　　既然今天要他们离乡背井去劳动教养，早知如此，大家又何必结下如此的仇恨？何况大家一起工作数年，往日无仇近日无冤，只是为了向党表白自己是革命的啊，为什么斯文扫地的事都做得出来？哎，莫说是扇耳光，就是拿刀子杀死对方也有人愿做，反右斗争也真是太残忍了。

有人说；：师范有个老师因不愿去改造，跳河自杀了。还有人说：有个女老师跳井自杀没死成，被救活了，现在还躺在医院里。

他们说的跳河的老师，是俞竹的丈夫张涛。

柳碧莹要右派们回家取行李。张涛趁人不备，直接走到学校后面的悬崖上。从石岩上一头跳进资江。

宝庆城只有资江与外面的世界沟通，宝庆人的毛板船曾经顺着这条水路一直划到上海。

张涛是上海人，但愿他的灵魂随着逶迤东去的江水回到故里。

跳井的是年轻的女老师，去年才参加工作，今年就打成右派，想不通就跳了井。

数以万计的劳教人员将被送到岳阳的西湖农场。临走，至诚抱起琪琪，将脸贴在刚满一岁的儿子身上，泪如雨下。

方秀芬说：儿啊，安心去吧，家里有我呢，等你回来，我会将你的儿女不差一根毛发的还给你。

至诚"扑通"一声跪下，给母亲磕了三个头。

至诚被穿军装的人拉上汽车，车队绝尘而去。

几天后，学校要右派的家属们搬出师范学校。

孟家原本是大户人家，在城里有一个带花园的大院子，院子的大部分已在解放时被政府无偿占用，只剩下一栋小洋楼是留给自家住的。方秀芬决定将家搬到城里去。

学校派了几个学生用板车将至诚的家具搬走。

搬完后，方秀芬清点一下，家具少了一半，馨兰留下的昂贵的小提琴也不见了。

方秀芬原本打算将院子租出去，用租金养活祖孙几个。刚刚搬回城去，针对私房的城市资本主义改造运动就开始了。所有的私人房子都必须交给国家，孟家的院子被没收了。他们被强迫搬到一个经年失修的屋子里，屋子见不到阳光，潮湿阴暗，一股霉味。

方秀芬再也经受不住这种打击，她病到了。玉兰姨妈把可珍和可琪接到外婆家。

可可记得以前去外婆家总和妈妈坐在人力车上，人力车轻轻摇晃着，穿过大街小巷，到外婆家时正好吃中午饭。外婆总是煮好鸡切好肉等着她们。可是今天，可可肚子好饿好饿，还要一路小跑追赶着姨妈的脚步往前走着。

外婆煮了饭和南瓜汤等着他们，可可狼吞虎咽，姨妈用南瓜汤泡着米饭喂琪琪。大家沉默着，谁也不说话。

外婆打破沉默，问：可珍，你爸来信了吗？

没有。

外婆说：作孽啊！

外婆的家在高高的河岸上，资江水在下面咆哮。外婆家的房子也不能称为房子，只能称作茅棚。妈妈几次要给外婆买好点的屋，外婆不肯，她说：就这么住最好，买了屋就是别人的，难得去呕气。

原来，外公曾拥有这方圆几十里最豪华的院子，土改时统统被农民分掉了。后来，他又修了几间住屋，成立农业合作社时，他的屋子成了合作社的保管室和会议室。最后，他在河岸上搭建几间茅棚，出门是陡峭的河岸，四处透风，连牛都不愿住，也是合作社里最差的棚屋。这样，再也没有人要分他的茅棚了。

外婆家还有一个身份特别的人，那是外公从穷山沟里买来的妾。外婆只生了两个女儿就再无生育，这妾是买来给林家生儿子的。她比林家的女儿们大不了几岁，身份是家里的妾兼女佣，可可叫她"姨婆"。解放那一年，她生了个儿子。这个儿子只比可可大一岁，妾也不愿再嫁，一家人就这么磕磕碰碰的生活了几十年。

外公去世时，可可的舅舅九岁，脑袋大身子小，像个大头娃娃。外婆说舅舅刚生下来就戴上了地主分子的帽子，抱在手里时就陪着外公挨打挨斗。会走路时，同龄的孩子把唾沫吐在他脸上，他用手抹去，用石头扔他，他哭着躲开。他从小就害怕这个世界，不爱说话。到了上学的年龄，他从不和人搭讪，他不和人作伴，便有了一个外号"哑巴"。外婆说外公咽气时是瞪着眼睛看着舅舅的，因为他知道他并不是真正的哑巴，他的内心很苦。外公是放心不下，死不瞑目啊！

可可每次到外婆家，舅舅总坐在茅屋前的大石头上呆呆地看着江水奔流，衣服总是脏兮兮的，也不曾和她说过话，但在可可心里，舅舅和可琪的份量是一样的。

十三

李明雪是师范三年级的学生，再过一个月她就要毕业了。

这一天，明雪去传达室取那些正在实习的同学们的信件，忽然发现，信箱里有几十封来自岳阳西湖农场的信，每封都写着"方秀芬"收，信的下面都写着"至诚缄"。

这不是孟校长寄来的信吗？这个方秀芬是谁？怎么没将信取走？

明雪满心狐疑问守传达的江伯。

江伯说：说来也可怜，方秀芬是孟校长的母亲，快七十岁了，孙女儿才六、七岁，都不识字，不知亲人会寄信来。

江伯，他们家住在哪儿？

江伯说：我要知道她家住哪儿，早就给她送去了。唉，这些信总有一天会丢失的。

江伯，不如让我拿去吧，我会想办法将信送给孟校长的母亲。

江伯说：那真是再好不过了。

明雪考进师范时才十六岁，十六岁的女孩一枝花。她虽然是从农村考进师范的，那出众的模样吸引了全校师生的目光。

那一年，学校排练花鼓戏《田螺姑娘》。学校让明雪扮演田螺姑娘，至诚是导演和二胡伴奏。《田螺姑娘》的成功演出，差点让明雪改变命运，成为市花鼓剧团的演员。但是至诚对明雪说，还是继续读书，将来当老师更好。

那年的寒假特别冷。眼看春节临近，家境贫寒的明雪和父亲一起把家里养的鸡鸭，种的萝卜白菜挑到城里去卖。

那天，天突然变冷，刚把菜挑到街上，就下起鹅毛大雪。明雪的父亲正患着咳嗽，被寒风一吹，竟咳出血来。

快过年了，孟至诚也在市场买年货。他看到明雪的脸被北风吹得通红，她的父亲脸色灰白，大口大口吐着血。父女俩衣服单薄，脚上破布鞋被雪水浸透，正在风雪中瑟瑟发抖。

孟至诚说：李明雪同学，你会冻病的，我现在就去帮你买双胶鞋吧。

接着，至诚又问了明雪父亲生什么病，穿多大的鞋，萝卜白菜卖多少钱一斤？殷殷关切之情，让这个中年汉了莫名感动。

明雪跟着至诚去了商店，至诚给她买了胶鞋和袜子，又给她爸也买了胶鞋和袜子，剩下的零钱还给她买了一条花毛巾，叫她围在脖子上挡挡风。

至诚付完钱就走了，明雪还来不及说半句感谢的话。

眼看天黑了，菜还没卖一半，雪越下越大，竟没有停下来的景象。至诚又来了，他手里拿着一件很新的双排扣列宁装灰色棉袄、一件厚绒衣和一大袋雪白的包子。他把棉袄递给明雪，说：我刚才到家，替你拿来件棉衣，试试合不合适？这件绒衣是给你爸买的，天冷，你们快穿上。你们一定没吃饭，这包子是刚蒸出来的，趁热吃吧。这还有几盒药，治咳血的，回家就让你爸喝。

看他家的菜还没卖完，至诚又说：我回去就是去跟食堂总务说好，让你们把菜便宜点卖给学校。

这时，明雪什么都没说，只有她父亲谢了又谢。回到家，她父亲对一家人说，要不是碰到孟校长，他会因又冷又饿又病倒毙街头。

第二年，她申请入团，负责团委工作的柳碧莹调查了这件事，并且问她：孟校长有没有说过喜欢你？有没有跟你约会？有没有抱过你或亲过你的嘴？明雪说：他什么也没说过，什么也没做过。

柳碧莹说：你没骗我？他为什么会为你花那么多钱？你自己好好想想，组织会相信你吗？

明雪委屈得哭了。

柳碧莹这才说：下次可要小心，不可轻易接受男人的东西。

这事一直让明雪很难堪。

可是孟校长没找明雪谈过话，也没多看明雪一眼。

再过了一年，明雪已经从不懂事的小姑娘变得成熟了。特别是经过反右运动，她看到所有的右派都是工作认真，诚实热情的老师们。像柳碧莹那样的女人竟当了校长。世界在明雪眼里不再单纯，她甚至怀疑孟校长被打成右派是柳碧来莹使的坏。也有可能与自己有关。

后来，馨兰死了，孟至诚也离开了师范学校。这件事也越来越遥远，再也没谁提起过。只有明雪的回忆越来越清晰，那件双排扣的列宁装棉袄至今还在为她抵御风寒。

明雪决心帮孟校长把信送到他的亲人手里，觉得这是她应该做的。她不再是那个不懂事的女孩，她知道这信对于他的亲人有多重要。

明雪是个聪明的女孩，很快找到当年给孟家搬家的学生，根据学生提供的信息找到了孟家院子。

但是，孟家院子已被拆了。

还好，他们家搬到离这不远的地方，辗转打听被她找到了。

那年，可可已读一年级了，学校在城里，外婆在乡下，为了上学，姨妈把可可送回奶奶家，把琪琪留给外婆抚养，可可回奶奶家的那一天，明雪也正好找到了他们家。

明雪把至诚的信交给方秀芬。

孟母捧着信，伤心得大哭。哭过后，她对明雪说：女学生，我不识字，请你读给我听，求你了。

明雪抽出其中一封，轻轻念道：

母亲大人：

近安！

我承蒙您百般呵护，锦衣玉食，直到大厄来临。到了西湖农场后，从早到晚修筑堤坝，苦不堪言。我历来体弱，不胜劳累，管教认为我抗拒思想改造，每天让犯人开会斗争我毒打我。近日连降大雨，冒雨修堤七天七夜，我突然眼前发黑，晕了过去，管教以为我装死，用枪托狠狠抽打我。幸亏有人及时抢救，才让我活了过来。

现在我身体极度虚弱，无法胜任体力劳动，暂安排我编织修补畚箕。

慈母大人，幸亏我是劳教分子，每月有二元零用钱，写信也不必交管教过目。我用这二元钱给您邮信。那些在米丘林园艺场劳教的右派，转到西湖农场劳动教养，幸亏馨兰死了，不然她也会和他们一样来修西湖大堤，这种苦是人难以承受的。我只有努力改造，争取早日回来与家人团聚。

匆匆，言不尽意，不敬之处，望母亲大人宽恕！

叩请金安！

不孝儿：至诚

1958 年 5 月 11 日

就念完了？奶奶问。她还想更多了解儿子的生活，用祈求的眼神看着明雪。

明雪又拆开一封信，念道：

母亲大人：近安！

请原谅我很久没有给您写信。自从离家。我一直在生与死之间徘徊，假如我选择死，那是对您最大的不孝，选择生，那我就是在地狱里煎熬啊！

妈，以前我总以为，只要好好改造就会早日回家，事实不是这样的，因为洞庭湖每天都要加固湖堤，所有的右派都是不花钱的苦力，从早到晚，我挑着百斤重担从堤下往堤上填土，吃的是红薯粥，渴了只能喝一瓢凉水，还常常被管教毒打。政府从没说什么时候让我们回家。回家对我们来说是遥遥无期。哪有改造好与不好之说……

假若我死了，您不要悲伤，那是我的解脱与幸运，我将在天堂里与馨兰相逢。

......

女学生，不要再念了，奶奶无限伤心。她抹着泪说：至诚啊，也不问问我与孩子们是怎么活过来的，也不问问至信有无钱读大学，要死要活的，真是没良心啊！

明雪的眼里满是泪水，原来，她是含着眼泪在读的。

十四

　　1958 年的夏天，对总路线大跃进人民公社三面红旗的宣传已经是鲜花着锦，烈火烹油了。老师对学生们说：我们很快就要过共产主义生活了，吃的是面包，喝的是牛奶，住的是大厦，坐的是轿车，楼上楼下，电灯电话。

　　这支奇妙的幻想曲，让幼稚的中国人仿佛看到牛奶面包已经热气腾腾的摆在桌上。

　　第二师范学校为了大炼钢铁已经不再上课，全体师生没日没夜累死累活地修建了五座土法上马炼钢炉。

　　柳碧莹在学校的动员大会上情绪激昂地说：同学们，炼钢炉已经建成了！让我们以革命的名义砍光学校里所有的树木，让熊熊炉火燃烧起来吧！让我们响应党的号召将学校里所有的铁器，一件不留统统扔进炼钢炉吧！让我们抬着用土法炼出来的钢第一个去向市政府报喜吧！

　　厚生仰起头来看那根深叶茂的古树，要是砍去了，不知要多少年才能长成参天大树。特别让他难以割舍的是经过几百年才开花的美丽的鸽子树。它和恐龙一样古老，和熊猫一样宝贵，被生物学家称为活化石，常常作为教学标本让学生们了解远古时代的植物。这样古老的鸽子树全世界都没有几棵，师范学校就有两棵。现在要把它们砍去炼钢，这会成为全世界的笑话。

　　再说，土高炉要是能炼出钢来，还需要成本昂贵的转炉吗？还需要专门从事钢铁研究的专家们吗？从来只有铁矿石和焦炭能炼钢，外行也知道这个事实。柴火炼钢太盲目了。如果仅仅为了喊喊口号，建一两个炼钢炉跟一下风就行了，柳碧莹既狂热又无知，修建了五个高炉，那是多么浩大的工程。它需要多少能源，多少生铁才能实现百炼成钢的梦想。

但是，在大跃进的时代谁能阻止她紧跟党中央的脚步？

为了对党的事业负责任，厚生决定再一次与柳碧莹的交锋。

他知道柳碧莹总以为自己能代表共产党。响应党的号召是她高举的旗帜，以革命的名义是她开路的武器。而她真正依靠的是她背后位高权重的刘市长。

冲动不行，谦卑也不行，时机也很重要，总之，厚生要制止住她，又要不被她诬陷成反对三面红旗的反革命分子。厚生认为在党组会上提出来最好。

周一是党小组会议，主要是党员们自我批评。

等柳碧莹发完言，厚生说：学校积极响应党的号召大炼钢铁，我举双手赞成。不过我有些保守。我建议把大炼钢铁分成两步，第一步只点燃一个高炉，我们毕竟没有尝试过炼钢，必须摸索出经验。第一炉钢炼成功了，再走第二步，将其余四个高炉一齐点火，这样成功把握大，钢质量好。

这个建议得到大多数人的赞同。

柳碧莹却不同意。她说：厚生同志，你这样做太保守，像个小脚女人，跟不上时代的脚步。同志们，形势逼人，党号召我们，鼓足干劲，力争上游，多快好省地建设社会主义。一个高炉炼的钢多还是五个高炉炼的钢多，一个高炉炼钢快还是五个高炉一齐炼钢更快，三岁小孩都能回答。

厚生说：同志们，主席说过实践是检验真理的唯一标准，没实践过，谁又能说那个办法更加多快好省？

柳碧莹说：厚生同志，你的落后的思想，资产阶级的情调，总有一天要害死你。

厚生说：其实，我只是与大家沟通一下。鸽子树只是其中的一项，还有人力物力，假若方法不对，五个高炉都不出钢怎么办？得不偿失的事只有对党不忠诚、对科学不尊重的人才会去做。想想我们的校训是什么？

柳碧莹说：校训？你要想想你自己为什么会留党察看？俞竹、梅仪为什么会在反右运动中插白旗？

厚生说：我不知道，请你告诉我，柳校长，我还没开除党籍，我说的话要对党负责任。

柳碧莹说：那就表决吧。

五个常委有三个同意五个高炉一齐上又马，厚生十分无奈地说：有时候，真理掌握在少数人手里。

事后，柳碧莹对支持她的人说：我也知道土高炉炼不出钢，但我需要五个高炉一齐上马的火热的形式，形式最重要。老石常常强调形式是为内容服务的，这没有错。老石的内容是炼好钢，我的内容是做给上级看，你们想想，上级更满意哪一个？老石是北大的高才生，却弄不清政治的形式与内容是不会统一的。想在政治上斗过我，要到苏联老大哥那里去学习几年，看清楚斯大林是怎么打倒托洛茨基的。

不久，学校里五个炼钢炉都燃起熊熊炉火，炉火映红半边天，场面蔚为壮观。那些锅碗瓢盆不管是钢的是铁的统统被扔进了高炉，就是没等到钢花怒放，铁水奔波的情景。只好再砍树，将家属用的铁制器皿甚至是钉子也拔出来，扔进炉子里。几个月后，炼出了不足十厘米的钢块，学生们小心翼翼地把这块来之不易的钢放在铺着红绸的木板上，抬着它到市里报喜：土高炉也能炼钢，我们放了一颗卫星啊！第二师范被誉全市的炼钢标兵，集体荣获一等奖。被砍去树的校园一下子变成了一只趴在地上不堪入目的巨大的癞蛤蟆。老师们也都累得趴在地上起不来了。

可可很少去上学，学校也很少上课，老师们都去炼钢了。每天，人们敲锣打鼓去市委市政府报喜，因为又放了一颗卫星。人们热火朝天走进总路线、大跃进、人民公社三面红旗的疯狂岁月。

农村和居委会都办起食堂，外婆把可琪送回来，因为可琪不是那个生产队的人，食堂不给他饭吃。

为了活下去，方秀芬用绳子把可琪绑在背上，每天天刚亮就去街道的纺纱厂纺纱。

城市居民的粮食和副食都已经计划供应，居委会的食堂开饭时，饥饿的人们都挤在发饭的窗口领那救命的饭菜。

孟母一双小脚，平时走路都要拄着拐杖，可可才一米二高，挤不进买饭的人群，等到大人们买完饭，食堂只剩掉在案板上的饭粒和一口残汤。仅仅两三个月，一家三口就只剩下一口气了。孟母跪求食堂开恩，让他家用饭票换米，自己煮饭。也有邻居为他家求情，食堂主任终于同意。

家里凡是铁的家具用具都被居委会搜去炼钢了，碗碟全被食堂搬走。重开炉灶，用三个砖头支起一个砂锅熬粥。可可每天天不亮就去药厂挑药渣，她将药渣晒干做柴米，然后挑水做饭洗衣。下午她到乡下去捡遗留在田里的菜叶薯根。凡能吃的，她统统把它装进竹篮里，用它们加点米熬菜粥。

孟母背着孙子去纱厂纺纱，饥饿和劳累使她全身浮肿。三岁的可琪还像一岁的孩子不会走路。

对于孩子来说苦难只是被风掠过的水面，当波纹消失后，一切归于平静。可可的欢乐依然像紫藤架上的紫藤花灿烂开放。

十五

大跃进刚刚结束，紧接着三年饥荒，面包没有，牛奶也没有，神州大地哀鸿遍野。

饥饿，饥饿！全国人民都在在挨饿。

食堂解散了，从城里到郊外来拾菜叶的居民越来越多，等待可可的是一次又一次的失望，她只好到更远的乡下去挖野菜。

那天，她走了很远很远，只挖到一点点野菜。她看到一个十分肮脏的女人跟在她的身后。那年头这样的女人满街都是，小小年纪的可可没留意她。

天渐渐黑下来，可可准备回家。她站起来寻找回家的路，猛看到脏女人恶毒的目光。她害怕了，撒腿就跑。

那女人一把抓住可可，从树林里窜出一个更可怕的男人。两人把可可按倒在地，脱下可可的衣服，再把可可推进的山坡上的土坑里，然后抱起衣服跑走了。

那坑有一米多深，刚好把可可遮住。可可哭喊着，使劲拍打四周土壁，没有人回应，只有松散的砂粒扑簌簌的掉下来。

天完全黑了，冷风刮起来，可可不停的打着冷颤，听到远处的怪叫和周围惨兮兮的呜呜声，吓得喊都喊不出来。头顶上的月亮又圆又大，冰冷的月光撒了进来，可可也慢慢适应了坑内的黑暗，低头一看，脚下全是死人的枯骨，原来这是一个墓坑。她突然两眼一黑，失去知觉。

不知过了多久，可儿苏醒过来，忽然听到远处传来轻轻的脚步声。那么熟悉那么亲切的脚步声。她想起来了，这是妈妈的脚步声，非常轻盈，非常柔软。

她忽然有了勇气，大声喊：妈妈，救救我！

脚步向可可走来，一双漂亮的大手伸向了可儿，可儿被拉上来。月光下天仙一般的妈妈站在可儿的面前，用她柔软的手抚摸可儿冰冷的脸，脱下外衣把可儿包裹起来，一会，可可趴在她温暖的背上睡着了。

等可儿醒来，已经是第二天的下午。她足足睡了二十个小时。方秀芬正焦急地等她醒来，说："可儿，你昨天到那儿去了，我们到处寻找，把我急得呀——"她说不下去，哭了起来。

可儿看到厚生伯伯和梅姨站她的床前，还有石峻和石柔，她好惊讶。

梅姨问：可儿，你怎么到那么远的地方去呢？

你的衣服呢？厚生也问：发生什么事情，你吓坏了吗？

可可说：我到郊外去挖野菜，碰上了抢衣服的人。

梅姨说：现在有很多的从外地流窜来的饥民，他们又抢又偷，让人觉得又可怜又可恨。我们一定要小心，孩子们你们出去一定要结伴而行。

石峻和小柔赶紧点头，表示完全懂得了可可不幸的遭遇。

厚生问方秀芬：伯母，可儿为什么要去挖野菜呢？学校不是有的是菜叶吗？以后要可儿到学校拔点青菜萝卜。

方秀芬说：我就是饿死也不会要师范学校的东西，它害死了我的儿媳妇，害我儿子坐牢，它本是教育人的学堂，怎么变成害人的地狱。

厚生沉思良久，叹口气说：伯母啊，你老真是太难了。昨天的事太可怕了，要不是李明雪路过那坟场，也许再也见不到可儿了。说来真奇怪，明雪背着可儿往城里走，却不知道她救下的人是谁。我常常想要怎么做才能给可儿更多的疼爱，却让我碰上了明雪，我们一起救下可儿。明雪已经背得太久了，精疲力尽，就先回家了。我接着把她背回来。

可可惊奇地说：我明明看到妈妈把我从墓坑里拉上来，把我背到家里，怎么变成了明雪阿姨？

正说着明雪来了，还给可儿带来很多吃的，有豆子，红薯，小麦，高粱，干鱼和鸡蛋。

方秀芬千恩万谢。

明雪说：我从不走夜路，昨晚父亲生病，我想回家看看，路过荒野坟地时有人喊救命，我吓坏了，也只能壮起胆子走过去，看见坟坑里有个小女孩。天黑，孩子又光着身子，没认出是可儿。她连声喊：妈妈，救我！声音很恐怖，听着又觉得很可怜，我就背着她往城里走。万幸，碰到石校长，他一眼就认出了可可。

方秀芬说：明雪，你跟可儿真是有缘，我以后把你当女儿，可儿就叫你姑。

明雪看到孟母浑身水肿，可琪三岁还在地上爬，万分难过，眼泪不由夺眶而出。

明雪说：伯母，前一阵子，我父亲也肿得厉害，有人告诉我一个处方，就是用黄豆焖泥鳅吃。

方秀芬说：这些东西对我们来说很稀罕，我真的什么都没有，想招待你一杯茶都没有，心里真的好惭愧。

明雪说：这些东西在乡下还算平常，我明天就给您送些过来。

厚生说：明雪啊，你真善良。有一件事我一直想问你，我们一起走吧。

走出门外，厚生说：明雪，孟校长之所以被送劳教，据说是他曾经给你和你父亲买过衣服鞋袜，并诱奸了你，只是你不肯承认，有这事吗？

明雪大呼：天哪！谁这么丧尽天良。那时我才十七岁，什么事都不懂。那天，孟校长见我和父亲冷得发抖，父亲又咯着血，就给我们买了棉衣鞋袜。我告诉给要好的朋友，学校立马找我了解情况，后来说没什么事。我入团的时候，柳校长也问过我，也说没什么事。石老师，今天你不告诉我，我还当孟校长是因为右派的原因去劳动教养的。

厚生说：他本来没划成右派，因为有人检举，说你们关系暧昧，才又把他补划成右派。事情虽然没调查出明确的结果，但是，宁左勿右嘛。你也是受害者，根据你的特长，本来是要你留校搞学生会工作的。有人又提起这事。结果毕业分配时，把你分配到最艰苦的乡村小学。

明雪气得发抖，说：谁这么恨我？

厚生说：具体是谁，也很难说，很多事情即有偶然性，又有必然性。一个大的环境变坏了，好人也会变成坏人。

明雪说：石校长，一个老师关心学生和一个老师想诱奸学生就这么难以区别吗、就是想象力再丰富，也不能宁左勿右到没有道德底线。我一定要为孟老师，也为我自己伸冤。

外婆知道可儿受了惊吓后，一定要可儿到她家住一阵。她请了巫婆给可儿收了还留在墓坑的三魂七魄。巫婆用一根念了咒语的红线套在可儿的脖子上，把可儿的魂系住。

可儿常常伏在草棚的窗上遥望远处，地平线上是葱绿的群山，山色浓郁而匀净。阳光下的资江显得清冽而欢快，江水也常常把可儿的目光带到远处的沙滩，那里是师范学校，有她美好的记忆。

在这个饥荒的年代，饥民们在沙滩上挖芦根，在水氹中捉鱼虾和摸田螺河蚌。只要外婆没看住可儿，可儿就加入到饥民的行列。只要能找到一点吃的，她就那么高兴。那时可儿比一般的女孩更野，每次都是浑身泥水的回到家里。外婆十分心疼，说：我们家的可儿本应过着大小姐的生活，现在变成个乞儿了。哎，这人呀，三贫三富到了死的那一天都难以预料呀。

可儿是个爱幻想的孩子。天边的云彩总能勾起她无尽的遐思，它们时而像危崖耸立的高山，时而像涓涓细流，时而像万马奔腾，时而像滚动的羊群。只要风在不断的吹，云就在不断地改变着自己，毫无个性可言，却又是那么的飘逸，那么的绚丽多彩，那么的逍遥自在，竟将万物置之度外。可儿在她的作文里写道：看来还是没有个性的好，臂如云，总是那么随和的顺从风的意志东飘西荡，玩遍了天空。

可可上学要经过爱莲池，每当她看到莲花时，总以为母亲就是其中的一朵莲花，有一天她会像睡美人一样醒过来，搂住她亲吻。她经常去紫苑的月亮门，久久看那漫画上的美女蛇，她认定妈妈是有魔法的人，她的灵魂到了晚上一定在紫苑游荡。石柔说她在紫苑看见鬼魂，可可相信那就是她的妈妈。

十六

《洞庭湖》
元　稹

人生除泛海，便到洞庭波。
驾浪沉西日，吞空接曙河。
虞巡竟安在，轩乐讵曾过。
唯有君山下，狂风万古多。

《游洞庭湖》
李　白

南湖秋水夜无烟，耐可乘流直上天？
且就洞庭赊月色，将船买酒白云边。

《望洞庭》
刘禹锡

湖光秋月两相和，潭面无风镜未磨。
遥望洞庭山水翠，白银盘里一青螺。

　　天下风景无数，留下诗篇最多的就是洞庭湖。洞庭湖磅薄的气势，绮丽的风景，动人的传说给历代墨客骚人留下美好的记忆，以致岳阳楼，君山茶，湘妃竹，天下无人不晓。而它最大的功业却被世人疏忽了。
　　万里长江浩浩荡荡从青藏高原挟裹着无数泥沙，向着东海奔流直下，到了江南，泥沙淤积，江水滞流。洞庭湖就像慈祥的母亲，用宽广的胸怀将爱子揽在怀中。它将泥沙拦住，让长江继续奔流入海，替长江分泄洪水。调蓄旱涝是洞庭湖最大的功能，也是它的千秋伟业。

孟至诚打成右派，流放到了洞庭湖。他成了千万个从湖里捞起泥沙，再将泥沙挑上堤岸的修筑堤坝的囚徒之一。

孟至诚从前是个身着西装，戴着金边眼镜，吸着雪茄，喝着咖啡的知识分子，从未干过体力活，要他挑泥沙，等于要他的命。

刚刚挑泥沙时，扁担在他肩上前高后低，他用双手握紧前面的扁担，后面的那一头又翘了起来。他像扛着一枚炮弹，两只畚箕不停摇晃，双脚也提不起来。他只好弓着身子让扁担压在背上，像舞台上的小丑一样跟跟跄跄的往前走。他听见有人在嘲笑他，也想让身子伸直点，可扁担总是不听使唤，有几次他摔倒在地，任人从他身上踩过去。

可是管教不管这些，挑得少些，走得慢些，抢起枪托就打。

有一次打得太重，孟至诚一头栽在地上，再怎么打也爬不起来了。

等孟至诚醒来，他躺在医院的地上。他的脸和四肢又痛又痒。他用手去摸脸，十几条圆滚滚的蚂蟥立刻从脸上滚下来。

醒啦，有人说。

他被大夫从地上扶起，让他坐在凳上。他头晕得很，眼睛也睁不开，模模糊糊感觉到有人用竹片在他身上扫来扫去。

接着大夫递他一杯水，问：能自己喝吗？

他接过水杯喝了一口，水很甜。他很想喝，竟然把一杯水喝光了。

这时他感觉有了一点力气，睁开眼，只见脚下尽是吸足血的大蚂蟥。大夫将蚂蟥装进脸盆里，有半脸盆。

大夫说：你患的是脑溢血，要不是让蚂蟥把你的血吸掉，你就死了。你是命大，正好碰上场长在视察工地，他对管教说：对犯人也要施予革命的人道主义，还是要抢救啊。你才被送到这儿。好多像你这种情况的，早被泥沙埋了。

至诚觉得一身软软的，一点力气也没有。而且，他想到所受的耻辱就一心想死，如果能让他这么死了岂不更好？所以也不想感谢任何人。

大夫说：你虽然活过来了，但蚂蟥吸去了你身上一半的血。你至少要休息半年才能恢复。

至诚在医院休息了一个月，后来被当作老弱病残送到离湖堤几百米的工场编织畚箕。

那是一个初夏的早晨，太阳懒洋洋的照在荒凉的湖洲上。

至诚由一位陌生的干部押送到了工场。工场的外围是一个壁磊森严的围墙，围墙上有荆棘一样的铁丝网，每隔十米有一个岗楼，岗楼四面架着机枪。工场里面有一个简陋的工棚，十来个光着上身，只用一块破麻袋遮住下身的犯人正用柴刀劈竹子，那挥动着的黑色的手臂，弓起来的枯瘦的背脊和那毫无表情的脸，给至诚一种置身于远古奴隶工场的感觉。

干部把他交给一个须发已经花白的老头，说：这是杨组长，你以后的工作由他安排。

杨组长丢给他一把柴刀，用一口地道的湘乡话说：劈竹子，只要不劈到你的手就行。

至诚拿起刀，刀不重，却很钝。他从竹子堆里抽出一根楠竹，左看右看不知从何下手。

一个个子瘦小的中年男人走过来，说：过来跟我学。

至诚跟着他走到工棚的那一头，小个子问他：你是劳改犯还是劳教犯？

至诚说：劳教犯。

小个子说：这里除了我，其他都是劳改犯。他一边示范一边轻声说，不要跟劳改犯人多说话，他们很喜欢告密。晚上学习的时候你就睡在你的铺位上，不要去参与他们的学习。他们是劳改犯，属于敌我矛盾。我们是劳教犯，属于人民内部矛盾，不能被他们管。

至诚心怀感激，问：您贵姓？

小个子说：徐子明。

徐子明继续说：这里最怕的是犯人逃跑，对犯人看管很严。要是谁欺侮你，你就去打他的小报告，说他想逃跑，第二天他就会关进小号子里。不过最好不搭理他们，监狱里利用犯人管犯人，利用刑事犯监视政治犯。右派、历史反革命、现行反革命都是政治犯。

那天晚上，至诚住进了老弱组的牢房里，约十五平米，两排通铺，和以前住的牢房隔着一个大操坪。不管是以前的牢房还是现在的牢房都不是永久性的建筑，冬天，外湖是一片草滩时，他们的牢房（草棚）便移到外湖。当湖水上涨，他们又迁入内湖。

吃过晚饭，至诚就蒙头睡在铺上，不久便听到犯人批判犯人的吼叫声和被批判者挨打的声音。

渐渐，至诚认识了组里所有的犯人，共十五人，年纪最大的杨组长七十岁，是历史反革命，参加过著名的沪淞战役。抗战时多处负伤，脚有点跛，因为跛才到老弱组。最小的十六岁，是个扒手，在一次行窃时，被人打断了腿，只能坐在地上编畚箕。其他的人有患肺结核的，不停的咳嗽；有患间歇性精神病的，发病时把他关进小号子里，病好了继续编畚箕。所有的人都有令人唏嘘故事，徐子明用长沙话讲述了自己的故事。他住长沙南门口，家里是开面馆的，公私合营时，政府将他的面馆没收了，把他安排到一个酒楼打下手。他便到处发牢骚，也不知得罪了什么人，不久，政府将他送到洞庭湖农场劳教。他会炒菜，这里的干部们捞到王八乌龟便要他主厨。虽然来得不久，和看守的关系很好。

在老弱组里，犯人们又分成三个小组，破竹的一组，削竹皮的一组，编畚箕的又是一组。分工严丝合逢，谁也别想偷懒。

徐小明说，破竹看起来累，其实最轻松，编畚箕看起来轻松，其实特别累，每天都被竹皮划破手，手一划破钻心痛，没人管，连块包扎的纱布都没人给。

每天收工时，全组犯人都要去堤坝上送当天编好的畚箕。犯人们将畚箕串起来，用竹杆穿过去，挑在肩上往堤坝上走，这对至诚来说又是一次折磨。

至诚在老弱组里干了两年，和大家相处得还好。第三年的春天，监狱要所有的劳教犯人去内湖的建新农场。

在至诚的劳教生涯中，一直有一个心头之痛，那就是他与洞庭湖不应该是这么相逢的。

少年的至诚有一个理想，就是长大成为诗人。

至诚自小就对范仲淹的《岳阳楼记》倒背如流。范仲淹的政治抱负，道德文章，人生轨迹一直让他顶礼膜拜。他喜欢范仲淹对洞庭湖的描绘，真是气吞山河，前无古人，后无来者。他曾幻想手执折扇风流倜傥地登上岳阳楼，像所有他喜欢的墨客骚人一样指点江山，挥斥方遒。

然而，生活却让他以囚徒的身份与洞庭湖相遇相识。两年来，他甚至没有好好看一眼洞庭湖，所有的日子都是半饥不饱，高一脚低一脚地行走在洞庭湖畔的堤坝上。肩上那沉重的担子，是他生命无法承受之重，两年来一行泪水一行汗水洒满了洞庭湖的堤岸。

今天，管教宣布：西湖劳改农场的劳教犯人全部转移到洞庭湖西边的建新农场。

这真让至诚又气又恨。说好劳教半年就回家，结果半年变两年。现在又变成了去建设新农场，太没有理由了。不准抗议，连质问什么时候才让他们回家都不行。失去自由，就是失去自由，所有的一切都捏在政府手里。真真是"人为刀俎，我为鱼肉"。

这两年，每一个晚上都是他的恶梦。每晚他都在看在听犯人们的思想改造学习会，和反右时的斗争会一模一样。劳动了一天的犯人们互相检举揭发所谓的反革命言行。反革命就像一个没有边界的大箩筐，什么都可以往里装。甚至谁去拉大小便时间久一点都是抗拒改造的反革命行为，都成为被其它犯人殴打的理由。在别的小组，犯人里有很多文化程度很高的知识分子，到了这种场合，也变得精神扭曲，为争当积极分子，不惜信口呲黄。

人生自古谁无死，但又有谁不怕死？每年都有十几个犯人是死在这种批斗会上的，至诚也理解那些贪生怕死之徒。

检举，揭发，打人，被打，犯人们就像一窝装在一个坑里的蛇，彼此吞食。如果你沉默，沉默就是居心叵测，比抗拒改造更反动。所以，在那样的改造会上唯一存在声音就是谎言。谎言让犯人们变得阴险狠毒，更仇恨社会！

虽然法规说劳教是人民内部矛盾，不剥夺公民权，劳动有报酬，由民政局与公安局共同管理，结果一切由公安部门包办。劳教犯人"劳门一入深如海，从此公民变贱民"。在某种场合，劳教犯还不如劳改犯。劳教没有政府的法律章程，也不需要经过法律审判。所有单位领导都有权将属下送去劳教，属下对上级的"不满"就是上级将属下送去劳教的理由。最大的谎言是劳教的期限最多不超过三年，只要改造好了就走人。但是，不管多少年，也没有哪个管教为犯人下"改造好了"的结论。劳改有期，劳教无期。

在农场里，劳教人员多半是右派分子，其次是犯两性错误的情种们。管教们不会把同一城市的犯人分在同一个中队。为了不让他们彼此认识，名字都是代号。这样，他们就不会共同去对付管教们的凶残迫害。

在劳改队里，管教就是掌管犯人命运的阎罗王。现在管教要劳教犯人迅速清理好自己的衣物，十分钟后坐汽轮去农场。他们就像一群被驱赶的鸭子，排着队上了汽轮。

十七

汽轮飞速驶向对岸，至诚第一次领略了八百里洞庭的万千气象。

"衔远山，吞长江，浩浩汤汤，横无际涯，北通巫峡，南极潇湘，阴风怒号，浊浪排空。"

至诚已不能完整的背出《岳阳楼记》，但面对洞庭湖雪白的浪花和金碧辉煌的岳阳楼，烟雾中时隐时显的君山，《岳阳楼记》中部分精妙绝伦的诗词一下子涌现出来。

"欲为平生一散愁，洞庭湖上岳阳楼。可怜万里堪乘兴，枉是蛟龙解覆舟。"至诚记得这是李商隐被贬官职，路过洞庭湖的感时伤怀之作。他受到的伤害远远超过李商隐，而今，又能向谁诉说？

轮船很快到岸，建新农场就在脚下。这正是春耕时节，远处桃花灼灼，如一片红霞飘浮，李花如雪，仿佛白云覆盖山峦。桐花纷纷飘落，处处有迎春花杜鹃花的倩影。杨柳如烟如雾，袅袅娜娜立在路旁。

至诚好久都不曾有诗情画意，忽然想起那年春天，馨兰到武汉大学来看望他，他们欣赏着武大的樱花，不觉来到东湖堤岸。于是，他将《诗经》："昔我往矣，杨柳依依。今我来思，雨雪霏霏。"刻在东湖边的巨石上。巨石旁也留下他俩相依相偎脉脉含情的照片。这张漂亮的照片已经不复存在，至诚感到自己的心隐隐着痛。

农场很大，有一半水田已插完秧，没插秧的另一半水田水面如镜。到了场部，首先点名报到，然后分配到第几中队几小队。待将用品放置好，又重新集合。这时，至诚看到了一个熟人。那是他高中时的挚友王国贤。

75

真是他乡遇故人。至诚记得国贤是班上的高材生，又是班上的美男子。喜欢打篮球。后来考入湖南医学院，应该是个医生。如今殊途同归，他们都成了阶下囚。

王国贤也看到了至诚，招呼至诚过去，到他的医务室小坐一会。到了医务室，国贤给至诚倒了一杯开水，还客气地放了一大勺白糖。

至诚说，两年来，我第一次喝到糖水。

国贤说，给你喝糖水是有原因的。这个地方是全国著名的血吸虫疫区，十村九空，都是患血吸虫病死的。将劳改劳教人员放到此处也是弥补这里劳动力缺失。血吸虫主要入侵人畜肝脏，多喝点糖水也可增加肝脏的免疫力。

国贤接着说：我来此处三年，见到过的劳教人员有一半死于血吸虫病。我把你叫来就是教你怎么防疫血吸虫病。

国贤从床下拿出一双半新的高筒水靴，说：你试试看能穿不，从现在起你就要穿水靴，不然血吸虫会钻进你的胶鞋，入侵你的皮肤瞬时就到你的肝脏里成长繁殖，直到你的肝脏被它们吃光。它们也寄生在人畜的脾脏和结肠里。现在是血吸虫繁殖季节，让人防不胜防。你务必做到：第一不让皮肤沾水。第二，任何时候都不能喝生水。第三，衣物要晒干后才能使用。第四，有腹泻发烧的症状立刻来我这里诊断。

接着国贤表情沉重地说：在这里，犯人是没有安全感的，除了血吸虫，就是这里的管教思想很左。他们认为对犯人友好是反革命行为，对犯人惩罚越残忍越革命。其实他们根本不懂革命，连革命两个字都不认识，都是听上面讲的。他们认为收缴犯人的钱物，延长犯人的劳动时间，处罚犯人，打骂犯人都是革命，伙食差还不让犯人吃饱也是革命。按政府规定，农场的劳教人员每月有五元零用钱，星期天可以休息，还可以上街买日用品。政府颁布的劳改劳教政策是思想改造第一，劳动改造第二。管教们想不通，认为这个政策是对犯人太好了。他们执行的是劳动改造第一。

自从至诚到了洞庭湖，起初从早到晚挑土筑堤，越是雨雪天，堤坝打滑，越要快速筑堤，滑倒了要赶紧爬起来，不然管教的枪托雨点般砸下来。后来天天破竹子，从没听说过对待犯人要思想改造第一，劳动改选第二。对犯人来说，劳动就是日子，日子就是明天，明天就是活着，卑贱地活着。

国贤说，本来，管教们就不会去区分什么是敌我矛盾，什么是人民内部矛盾，劳改犯劳教犯一样没有人生自由。每天都有犯人病死，饿死，打死，在他们看来这就是反革命分子应有的下场。汛期就要来了，劳改犯人统统调去筑堤，留在农场的都是劳教人员。管教认为，劳改劳教都是犯人，留下劳教犯人是因为田里要人干活。

至诚一听，痛苦有加，想不到自己离了狼窝，又入虎口。

国贤说：我算运气好的，来的第一天，场长老婆难产，已死了两天。场长备好棺材只等给老婆下葬，可死者下身总有几滴鲜血流出，身子也温热，娘家人坚持不同意下棺。忽然听说场里右派中有一个从省医院来的医生，就要我去看看。我一看就知病人是假死，她的尿道被堵塞，尿潴留引起神经麻痹。我给她导尿，做物理按压，只用了半小时将病人救活，还给她接生了一个胖小子。这一下我成了神医。岳阳市市长的丈人病了，开着小车偷偷把我接到他家里，一个小手续就治好了。这几年我在这里治好无数病人，也救了好几条人命，农场好像少不得我了，管教们对我自然比其他犯人好。虽然认为我不配与他们一起吃饭，但一日三餐都给我开小灶。出出进进，只要打个呼招，就有管教帮着提东西。

至诚已有两年没与人交谈，二人即是同乡又是同窗好友，谈吐也投机，难免说起往事。国贤说他也是右派，58 年 2 月，春节刚过就来农场了，当时第五个孩还怀在老婆肚子里，至今没见过面。

至诚也说起馨兰一尸两命，说到伤心处泣不成声。国贤回忆起读高中的情景。他说：至诚，那时我们都是进步学生，是地下党依靠的对象，我们为共产党发传单，宣传他们的民主思想。我们充满热情，到处教唱解放区的歌曲。听说马上就要成立新中国，浑身充满力量。现在，因言获罪，成了右派。

至诚说：那时我真幼稚，相信共产党奋斗的目的是建立民主自由的新中国，一直争取加入共产党。

沉默一会后，国贤说：至诚，你的事我想好了。我现在给你一片药，中午吃饭时，你把它吃了。不久，你会呕吐，然后昏迷。犯人们会把你送到医务室来。在我这里休息两天后，我会报告管教，说你患的是二级血吸虫病，不能再做重活，请求他们安排你做仓库保管或农具修理员。这里的犯人有三种分工，一是下田干农活，二是专门挖坑埋螺钉，三是留在场部打杂。留场部最大的好处就是不要下水田，不会感染血吸虫病。我的请求他们一般不会拒绝，因为他们是信任我的。

至诚说：国贤啊，在这性命攸关之时，我碰到你，不能不说这是上天对我的眷顾。大恩不言谢，今后还要你多关照。

几天后，至诚安排在场部做仓库保管员，工作比起以往轻松多了。

农场的湖汊水道特别多，国贤告诉至诚用畚箕拦住一处水汊，两个小时畚箕里就有满满一畚箕鱼，想吃多少就拿多少，拿回来后用脸盆煮着吃，又鲜又甜。

至诚照着做，果然每天吃鱼吃得饱饱的。仔细一观察，发现场里的犯人都是这么捞鱼吃，难怪每天发给犯人一小碗红薯粥，没见饿死人。

国贤说，洞庭湖的鱼取之不尽，但到了冬天天寒地冻，或遇上天旱湖汊里没水，又哪来鱼。那时，犯人的日子就很难熬，饿死人时有发生。

不觉到了秋天，当秋风掠过湖面，洞庭湖岸枯叶纷纷飘落，堤上秋草渐长，遍地枯黄。湖面上波涛起伏，千帆竞发，群鸥飞舞，游子的思乡愁绪也在空气中弥漫。

"无边落木萧萧下，不尽长江滚滚流。"真是描写洞庭湖秋的千古绝唱。

一天，国贤对至诚说：至诚啊，圣贤说过，千金易得，知己难求。这半年来，你我兄弟推心置腹，促膝长谈，何等快乐！可是，天不假我寿年，我已快要死了。

至诚大惊失色，说：生死大事，国贤何出此言？

国贤说：你来摸摸我的腹部，我的肝已肿到胸口，我是医生，知道自己得的是什么病。

至诚伸手摸国贤腹部，腹部硬得像石头。他难过地说：国贤，这病不是一天两天了，你怎么不早医治？

国贤说：抑郁成疾，无药可治。至诚，你是学生物学的，我想去场部申请买一台显微镜供你研究。农场里需要显微镜的地方太多了，你要把你的聪明才智发挥出来。你有空时，我也教你一些医药知识，像止血，包扎，注射、听诊，消毒都是简单的操作，你学几次就会。我这里有好些医药书籍，你读懂它们没问题。不管你做不做医生，多一门技术多一条活路。你要是同意，我们从现在就开始学习吧。

至诚多愁善感，早已为国贤的病痛悲伤痛哭。国贤说：至诚，先别难过。我不知什么时候大限及至，我想把后事托付给你。我的妻子刘灿是护士，非常善良。我的五个儿女及父母双亲都靠她四十元工资养活，我最大的儿子十二岁，最小的女儿才三岁，我连女儿的面都没见过。父母老了，儿女还小，无人能帮我妻度此难关。每每想到这里，我心如刀绞。

你如果回到家乡，请代我时时去探望我的父母儿女，把我妻子当自己的亲人，帮我妻排忧解难，代我管教儿女，直到他们长大成人。至诚，你我都是读圣贤的书长大的。从小我要求自己克己复礼，与人为善。教诫自己，老吾老及人之老，幼吾幼及人之幼。对社会，己欲立而立人，己欲达而达人。我遵守所有的社会规范，善待所有的病人。我的业务水平你看到了，如果不是农场条件太差，我会是个优秀的外科大夫。但是，天不佑我，奈何！现我身无分文，唯有一块手表。请你代我把手表交给我妻。告诉她，我有愧于她，今生已无法报答，如有来世，愿为她做牛做马。

国贤说到此，擦干泪水，眼睛怔怔地望着天空。这时正是天空最美的时候，秋高气爽，湛蓝的天空，白云悠悠，秋风轻拂，浩瀚的洞庭湖，波涛拍打着堤岸，声声如泣如诉。

国贤轻轻说：这世界真美，我的命运却这么悲惨。我该做的都做了，我该埋怨的也不是我自己。我的爹娘，我的妻，我的儿女，为了你们，反右时我沉默到底，但厄运还是不放过我。我已尽力了，这世上的悲喜与我何干？我要感恩谁？

坚毅的国贤将生命熬到了第二年春天。至诚按他的遗愿将他埋葬在高高的山岗上，面向南方，让他永远眺望着故乡。

十八

风，整夜从山上刮下来，像激流一样席卷而过，打着漩涡滚过黑暗的天空落到冰冷的矿山上，又呜呜地呼啸着回到山里去。

风息了，矿山清冷而寂寥，李保罗睁开眼睛，两天两夜他第一次听见了自己的呼吸，在这新的静寂中仰望天上的星星，看见它们是多么清朗、明亮，让他觉得自己是这矿洞里唯一的活物。

很久以前，保罗本来可以不向组织交待，他在国民党的部队做过上尉军医。那都是抗战胜利以前的事。可他把它当成人生的一个小插曲向组织汇报了，结果他被内定为历史反革命。反右时，他又积极向党提意见，被打成右派。三年前数罪并发，被送到矿山服劳役。

懊悔、悲痛常常使他的身心倍受煎熬。他时时打量着新的环境，矿山的四周布满电网，高高的哨塔上，持枪的军人警惕地注视着矿山的每一个角落，看样子是插翅难逃。

这里关押着几千个犯人，他们不准交谈，不准离开队伍，他们只能挖煤挖煤，从早到晚不停地挖煤。诸多的条律限制着他们的行动，狱警随时走过来用木棒狠揍这群苦役犯。保罗的心已被痛苦折磨得麻木了，不再在乎以后会怎样。

每天，他被勒令脱光衣服，站在木笼里，木笼快速往下降，将他带到矿井深处。在他还没适应井下的黑暗时已经被推进坑道里，他接过递过来的 2018 矿帽和铁镐，开始挖掘。

刚来劳改队的时候，保罗不愿意让俞竹知道自己是在井下挖煤，他想，已经不能为她分担什么，就更不能让她为自己担心。因此，他没有给俞竹写信。后来他越来越思念儿子，忍不住给她写了长长的一封信，可是，信被退回来了。保罗不知道俞竹和小昶发生了什么，每天都在极度的担忧里生活。

保罗用铁锹挖着煤，他的身后还有一个人将他挖的煤装进竹筐里，然后像狗一样爬着将竹筐拉出去。整个坑道除了挖掘的声音，就是被粉尘呛住的咳嗽声。

保罗不想停下来，一停下，万千思绪就会像虫一样咬着他的心脏，让他的心疼痛不已。

拉煤的人趴在他的耳边轻声说：慢点挖，还用手狠狠拉他的耳朵。

保罗转身看见身后堆积了大量的煤，他想帮着把煤拉出去，狭窄的坑道让他转不过身来，这才知道拉煤的为什么只能在地上爬。

过了好久，保罗觉得浑身无力。这时他听到尖锐的哨声，拉煤的人说：吃饭了，走吧。

保罗麻木地随着拉煤的走到主坑道，所有的犯人排着队，等候前面的人把饭盒传过来。保罗这才看清拉煤的非常年轻，个子矮小，像个孩子。

吃饭的时候，那孩子坐在保罗身边，保罗的饭盒里只有一丁点菜，一口就可以吃光，那孩子就把碗里的菜拨给他。孩子说：我已经习惯吃光饭了。这里饭管够，你要没吃饱可以再要，饭是有点霉味，习惯了就好了。

再回到坑道挖煤，因为吃过饭，保罗感觉好多了。那孩子问他：你判多久？保罗说：十年。孩子又问：为什么判这么久？保罗说：我不想回答你。孩子说：那你就是被冤枉的，这里的冤死鬼多得很。我判的是死缓，我杀了人，判死缓是从轻处理。

保罗停了下来，转身看着他，有点不相信。

孩子说：你不相信？但这是事实。我的爸爸是右派，常被工厂批斗。后来，厂长诬陷我爸是历史反革命，我爸爸不承认就被打被斗，于是我把那个厂长杀了。

保罗说：可是你还是个孩子呀，你有那么大的力气吗？孩子说：

那个厂长总坐在他的办公室里悠闲地喝茶看报，我趁他不在时将老鼠药放进他的茶杯里，把他毒死了。我全告诉你吧，那个厂长其实是我继母的奸夫，他们想害死我爸爸。我是投案自首的。

保罗问：那时你多大？孩子说：十五岁，今年我十八岁。喂，你没进来以前是干什么的？保罗说：医生。孩子说：你要是表现得好，可能会让你当监狱的医生。保罗问：怎样才算表现好？孩子说：里面的牢头狱霸都是干部们的亲信，他们常在大家休息时召开斗争会，斗争那些不听话的犯人，这又叫做利用犯人管犯人。有时牢头会逼着每一个罪犯去打被斗争的犯人，你不想这么做也得这么做，否则下一个被斗争的就是你。顺从牢头就是表现好。我看你是个被冤枉的好人才把这些告诉你。做医生就不要下坑道，坑道里每天都在死人，塌方、穿水、瓦斯爆炸、被毒气麻死，到了这里跟判死刑差不多。

李保罗对生死已置之度外，他问那孩子：你父亲怎样了？那孩子说：不知道，我被判刑后政府不准我写信，不准接受探监，我也没收过到家里的来信。他们怎样了，我不知道。

保罗觉得这孩子很可怜，他叫这孩子"小鬼"，和这孩子做了三年搭档，煤多了帮他拉煤。在监狱，完不成生产任务是会受到严厉的惩罚的。

李保罗到煤矿服役三年，坑道塌方、穿水、瓦斯爆炸，被毒气麻死经历了无数次，他踩着遇难者的尸骨，侥幸活过来。

十九

保罗听见"咣啷"一声,一把铁锹从上面掉了下来,他抬头一看一顶矿帽在空中晃动,矿帽上"2010"的金属标签闪闪发光,时隐时现。那是小鬼的矿帽。

小鬼,小鬼!保罗大喊。他的搭档,那个再也没有长高的十八岁少年肯定是瓦斯中毒了。

他想:冲进坑道,把小鬼拖出瓦斯区,但自己也会中毒倒毙。情急中他抱起笨重的鼓风机对着矿帽吹,保罗判断矿帽一定挂在小鬼身体的某个部位,先将毒瓦斯吹散,自己才可以爬上去。吹了十几分钟,保罗冒着生命危险爬进上面的矿洞,小鬼躺在那里,保罗立即把他背下来。可是,小鬼已经没有生命的迹象。保罗把小鬼放在通风口,虽然心跳没有了,但他才刚刚死去。保罗为他做人工呼吸,二十分钟后,小鬼活过来了。

瓦斯的气味在弥漫,坑道里还有很多人在里面。保罗不顾危险再次冲进坑道,一面用鼓风机对着坑道吹,一面大喊:马上就要爆炸了,大家赶快上来!

喊着喊着,他感觉自己的头很痛,胸很闷,再也发不出声音,便一头栽倒在地上。

他不知是谁把自己背到矿洞外,昏迷两天后,他又活过来了。

这次瓦斯爆炸幸亏发现得早,处理的方法也很正确,救下了几十条人命。

但不能保证下一次发生这样的事情都能抢救成功。

保罗根据煤矿的情形开始研制简易的电击片,一旦中毒者停止呼吸,电击片轻微的电流能使心脏恢复跳动。他在自己身体上做了好多次试验终于成功了。电击片抢救了好多被毒气窒息的犯人的性命。

保罗时时刻刻训练自己的鼻子和耳朵，他的嗅觉与听觉就像极其灵敏的仪器，他能嗅出瓦斯即将爆炸的气味，能听到矿井深处即将要塌方或穿水的细微的声音。每次遇到这种情况，他总是沉着地领着犯人们从死神的眼皮下走出矿井，他成了煤矿里最有本事的人，不但犯人尊敬他，连看守人员都敬他三分。

在这个没有人性，也没有人权的荒芜之地，保罗的身上闪耀出人性的光辉。对于犯人来说，最大的奖赏就减刑，他的刑期从十年减为九年半。

有一天，监狱长通知他，允许他的亲人来探监。

这又是一个奖励。

三年了，保罗怎么不思念儿子？他最想俞竹带着小昶来探监。但是自己是劳改犯人，会给俞竹带来麻烦。在这个什么事情都可能发生的年代，俞竹来看他，很容易被人想象成不正当的两性关系。

只能让小昶一人来看他。

小昶今年十岁，他入监时，小昶不到七岁，他把小昶托付给莎鸥的好友俞竹。那一次分别，他是多么的悲伤。总以为自己是清白的，一年就可以回家，谁知"劳门深似海"，自己竟成了这个庙里的冤死鬼。想起父子别离，他总是潜然泪下。

他对监狱长说：谢谢政府，我只有一个十岁的儿子，我写信给他，看他能否来。

俞竹读完保罗的信，她的心脏发出碎裂的声音，泪水一次又一次把信笺打湿。那是一个父亲对儿子刻骨铭心的思念和深深的愧疚。他用泣血的心祈求天地万物给他心爱的儿子一条活路，因为他已无法尽到父亲的责任。

俞竹在三年前被调往偏僻的乡村中学。厚生说，俞竹是最好的英语老师。到了乡村中学，她什么都教，就是没教过英语，因为乡村中学没有英语课。

她不能陪伴小昶去那么远的地方探视保罗，又不愿他们父子失去这一次见面的机会。

她忽然想起可可。可可虽然只比小昶大一岁，但聪明机灵，比十五岁的孩子还成熟。她打定主意说服孟奶奶让可可陪小昶去群力煤矿。

方秀芬是个深明大义的人，一口应承下来。

汽车在乡村路上颠颇了四个小时，群力煤矿蜿蜒逶迤的群山就在前面。

可可和小昶即紧张又激动，担心着见不到保罗。

囚牢的门打开了，从里面走出一个戴着脚镣手拷满脸胡须的大汉，他迈出第一步可可就认出他是保罗。可可和昶来不及多想立刻向保罗奔过去，还没走近就被狱警拦住。

昶喊：爸爸！保罗加快脚步走来，"儿子！"他喊。但是，狱警不让他们出声，也不准他们离得太近，孩子们只能眼睛追随着保罗。保罗不时举起带着镣拷的手向他们示意，想拥抱他们。脚镣碰撞发出铿铿的声音，保罗只好放慢脚步。

狱警替保罗打开了手上的镣铐，安排他们坐在长椅上。这时，孩子们才看清楚保罗的脸，他的脸苍白而消瘦，头发一定是很久没有梳理，乱蓬蓬的纠结在一起，额头上绉纹很深很深，鼻梁高而瘦削，嘴微微张着喘着粗气，满脸的络腮胡曲卷着贴在脸上。可是他的眼睛依然炯炯有神，蓝色的眼底像没有一丝云彩的天空，棕色的眸子在阳光的照射下闪烁着金色的光芒，他的背后是起伏的山峦，这使他魁伟的身躯和粗大的链锁更富有艺术色彩，此刻，可可想：他多么像希腊神话中的盗火者普罗米修斯啊！

泪水模糊了可可的眼睛，但昶没有流泪，他紧紧拥抱保罗。

保罗流着泪，不断吻可可和昶的额头。二十分钟的会见竟在转瞬间过去了，保罗就要被狱警推搡着进牢房，可可想起俞竹写给保罗的信。

可可把信交给保罗，狱警首先检查。

那是一首诗：

在西伯利亚矿山的深处，

请你们保持住你们坚韧的精神，

你们辛劳的汗水不会白流，

痛苦的劳役会唤醒你们的刚毅。

"灾难"忠实的姐妹——"希望"

就是在阴暗的矿山底层

也会唤起你们的勇气和欢乐，

那渴望已久的时刻终将来临。

爱情和友谊将会冲破

幽暗的牢门来到你们身旁，

就像我这自由的歌声

会将沉重的枷锁砸碎。

——普希金

狱警将诗撕碎，抛在空中，碎片像雪花一样在空中旋转，留给可可和小昶的只有无尽的伤心与痛苦。

二十

玉兰吻别女儿贝贝准备去工厂上班。

邮递员喊：林玉兰有信。

玉兰接过信，是青海德令哈农场戈壁分场寄来的，不像是丈夫申力的笔迹，而像一封公函，心里不由一阵紧张。

玉兰撕开信封，果然是一封公函，她捧着公函念道：林同志，你的家属申力于 9 月 2 日亡故。如要求亲自处理后事，与戈壁分场联系。

玉兰怀疑自己没有看懂，因为前几天她还收到丈夫的信。再读一遍，再理解"亡故"二字。她双膝一软跪倒在地。"天啊，这是真的吗？我的申力真的不在了吗？"

公公走过来，拿走她手中的信，读完后，大喊"儿啊！"晕了过去。

婆母不识字，但已猜到这是一封不幸的信。她掐着老头的人中，大喊：老头子，醒醒啊！

玉兰渐渐恢复理智，她想：申力死了，这不幸是怎么发生的？他才三十四岁，怎么就死了呢？

玉兰十六岁与申力结婚，那时她是个不识字的村姑。申力也十六岁，在省城读洋学堂。他们是奉父母之命结婚的。申力从不嫌弃她，从她的名字教起，直到她认识《千家诗》里所有的字。后来又教她写诗，什么平仄韵律，将玉兰教成了工厂诗刊的编辑。后来，申力考上清华大学水利系。大学毕业后，申力成为公派留学生，到伦敦的剑桥大学留学一年。回国后分配到中央水利部，是一位高级水利工程师。

申力是三门峡水利枢纽的设计者之一，可是 58 年，因为部里要多快好省的上大型水利工程。他不仅反对，还写了十万字的论文，论证这个水利工程对西北自然环境的破坏，惹得龙颜大怒，被划为部里最大的右派。后来，申力被押送到青海德令哈农场劳动教养。

玉兰不管申力是工程师还是右派，都是她最爱的丈夫；是她公婆最好的儿子；是她女儿贝贝最好的父亲。两年来，凡是申力要寄去的东西。玉兰总是按他的要求寄过去。每星期给丈夫写一封信，告诉他家里一切都好。前几天，还给他寄去猪油和白糖，难道他没收到就死了？

玉兰几度哭得昏厥过去，不管怎样，她不能把申力的遗骨留在遥远的青海，她要把他背回来安葬在申家的祖坟，每年清明，她要为他扫墓，祭奠，要和他说心里话，还要让他看到女儿贝贝长大。

第二天，玉兰带上几十元盘缠就踏上了去德令哈农场的寻夫之路。

坐了四天四夜的火车，玉兰终于到了西宁。当她向人打听戈壁分场时，人们告诉它那个地方很遥远，离西宁有 500 多公里，路况又差。就算运气好，能搭上汽车，天气又好的话，也要走整整十天

玉兰这四天，几乎水米未沾牙。来的时候走得匆忙，只带了一件薄棉袄，这时已是十月底，天气已经很冷。又冷又饿，伤心欲绝的她坐在西宁街头欲哭无泪。

西宁是个很破烂的城市，只有低矮破旧的平房和残墙断垣，唯有一栋两层楼的建筑，挂着青海省省政府的招牌。

玉兰慢慢走向省政府，她希望在那儿避避风，如果旁边有商店的话，她要买一件能抵御寒冷的衣服。她现在担心的是，还没走到戈壁分场，自己就死掉了。

快走到省政府的时候，她看到了西宁市长途汽车站。她走进去问有没有去德令哈农场戈壁分场的客车。售票员告诉她，从来就没有直接去戈壁分场的车，要去戈壁分场要先到德令哈。从德令哈到戈壁分场还有 20 公里，中间是戈壁滩上的流沙，只能骑着骆驼去。玉兰说，

那就买一张去德令哈的车票。售票员说，德令哈太远了，只能是一段路一段路的买票乘车。她见玉兰是从湖南来的，告诉玉兰从这往南走，就是南关街。街上有个德令哈农场驻西宁办事处，那儿倒有直接去农场的汽车，搭辆货车去，还不要钱。

玉兰谢过售票员就去南关街。找到农场办事处，办事处内真的停了十多辆去德令哈的车，不过明后天有沙尘暴，要三天后才能走。

几个办完公事回德令哈农场的劳教犯人，听说玉兰是去德令哈农场为丈夫办后事的，还要把丈夫的尸骨背回故乡，都很感动。有一个犯人陪她去办事处领了一件羊皮袄，告诉她从西宁出发的第一站是塔尔寺，那里没有客栈，晚上都是穿着皮袄坐在火炉旁打盹。

第三天，天气依然寒冷，车队出发了。一路上山峦起伏，峰岭高耸，沙漠连着戈壁，偏僻而荒凉。

玉兰想着申力曾经生活在如此凄凉艰苦的地方，不由悲从中来，潸然泪下。

几天下来，山势越来越险峻，车越开越慢，走过峥嵘嵯峨的雪山，便是苍茫无际的草原。走了三天，到了日月山。日月山又叫赤岭，地处要塞，山势险峻，历来被称为雪拥蓝关马不前，是古代南丝绸之路的第一道关隘。

过了日月山，便是倒淌河。据说文成公主到此，见草原广袤苍凉，雪压枯草凄凄，不由泪流成河，河水顺着辽阔起伏的草原倒流到青海湖。

这一晚又找不到招待所，大家和衣睡在废弃的蓬房里。

第二天，车队沿着湟水西进，一路朔风劲吹，远眺雪山像神话里的银色世界。车道上山路崎岖，草原一片枯黄。

司机对玉兰说，青海湖一年四季，四种景象。春季烟波浩渺，碧波连天，风光秀美，景色绮丽。夏季最美，高山湖水草原河流，相映成趣，青海湖像一盏巨大的翡翠玉盘嵌在群山和草原之间。秋天渐渐多了风沙与白雪，但也还是王母娘娘在西海居住的玉宇琼楼，湖上烟波浩瀚缥缈，四周群山壮阔逶迤。到了冬天，那就是青海湖上空有月，大漠如雪湖如镜。

可是眼前，逆风阵阵刮起漫天雪花，心中的绝望和悲痛化着泪水迷糊了她的双眼。

玉兰说，我记得丈夫刚发配到农场，心情十分悲戚，曾写过一首诗寄回来。"君不见，青海头，古来白骨无人收。新鬼烦怨旧鬼哭，天阴雨湿声啾啾。"那时他就担心，死后无人为他收埋尸骨。

说完这番话，司机和玉兰都大哭起来。

前方是橡皮山，海拔4千5百米，山高路陡，路况不好，车也不好，只好明天再上路。幸好走的是古丝绸之路，一路上有人在废弃的城镇和游牧民的蓬房里经营驿站。驿站里臭烘烘的，大家凑合着又过了一夜。

翻过橡皮山，再走半日，傍晚时到了茶卡。

茶卡是世界闻名的盐湖，由于干旱少雨，也是一片荒漠景象。

司机说，过了茶卡，就再没有春天了。

玉兰问：为什么？

司机说，过了茶卡就是柴达木盆地，一年里只有风在吹，吹得飞沙走石。

玉兰问：那犯人呢？

司机说：哦，犯人倒是沙漠里独有的挑战者，为了生存只能向风沙挑战呗。

那天晚上，车队住在劳改农场，叫茶卡二中队。玉兰在心里数了数，从西宁开始，他们经过了十个劳改农场。

从茶卡到德令哈还有200公里，车队经过漠河，察尔汗，乌兰，晚上到了赛什克劳改农场。这一天车队也够呛的，到处是亘古的茫茫荒原，风忽长忽短地吹着，发出鬼啸一般的哀号，黄沙漫舞，让人睁不开眼睛，十几里路要走半天。

从赛什克到德令哈是青藏公路。路好走，明天，就到德令哈了。

德令哈那里不缺水，有一咸一淡两个大湖，还有一条从雪山奔流下来，穿城而过的巴音河。德令哈是沙漠里的绿洲，蒙古语的意思是：金色的世界。

每一个人都为明天回到德令哈而兴奋，艰难的旅途即将结束了。玉兰却难以入眠，因为她还要继续走，而且要离开这支一直关爱她的队伍。

他们告诉玉兰，戈壁分场虽然离德令哈只有 20 公里，却是个奇怪的地方。那里的流沙又白又细，像雪一般。经常变幻出离奇怪异的景象，有时是茫茫大漠和连绵的雪山。有时是千姿百态的石林立在旷野中。有时是驼队从身边经过。真真假假，让人失去对距离的把握。最可怕的是，有时一大群穿着黑囚衣脸色蜡黄的犯人疯一般扑过来，好像要撕裂你。

大家都劝玉兰在德令哈等驼队经过，她只有跟着驼队走，才能走到戈壁分场。但驼队要多久才能经过德令哈？有人说，幸运的话是一个月，否则是两、三个月。

丈夫已经死了两个月了，她不能让他孤零零的再在荒漠里多躺一个月。这地方是这么荒凉，一想到这她就心痛得要命。

晚餐太令人失望了，农场只发给他们半碗稀粥，里面有一半是沙子。管教说，犯人每月的粮食定额是 18 斤，还是小米，没有多余的粮食招待你们。

司机偷偷告诉玉兰，58 年，犯人定额粮是 45 斤，刚刚够吃。赛什克农场的干部们向农垦局谎报农场粮食大丰收，亩产 8000 斤。农垦局立马增加农场上交的粮食任务，又将犯人定额粮降到 25 斤。去年农场又将犯人定额粮降至 18 斤。从 59 年起，农垦局将所有在青海劳改劳教犯人口粮标准降到 25 斤。这都是赛什克农场害的。

玉兰问：农场亩产到底有多少？

司机说，小麦亩产 300 斤到 350 斤，油菜约 200 斤。听到这里，玉兰才知道 58 年全国都在放卫星说假话，连这么偏远的劳改农场都如此，原来犯人们天天在挨饿。

　　第十天的傍晚，车队抵达德令哈，荒漠中的一个小镇。场长是个善良的老头，看到浑身沙尘的玉兰，要她好好洗浴，好好歇息，还专门要厨师给她做一碗热面汤。接着他给戈壁分场的场长打电话，要他明天牵一匹骆驼来接走玉兰。

二十一

第二天刚吃完早餐，戈壁分场的场长就牵着骆驼来了。

当玉兰看到穿着黑色囚衣的场长时，惊奇地睁大了眼睛。场长也惊讶地看着玉兰，以为是个幻觉。

玉兰认出眼前的男人是分别了六年多的胡佐，她不敢相信的是胡佐是个囚犯。

胡佐也不敢相信眼前的女人是玉兰，他印象中的玉兰是个丰腴漂亮，皮肤白晰润泽的美女，有一头浓密黑亮的自然卷发。而眼前的女人嘴唇苍白，两眼无神，消瘦得只剩下皮包骨头。但她的神韵与馨兰一样，即使是满脸悲哀，也面含微笑，露出雪白整齐的牙齿。他问：你是玉兰姐？

玉兰点点头，说：我是林玉兰，林馨兰的姐姐。

胡佐说：申力是你丈夫？

玉兰说：是的。随即两行泪珠滚滚而下。

胡佐说：真没想到申力会是湖南人，我一直以为他是北京人。更没想到他会是我姐夫啊！

站在一旁的老场长说：胡佐，你的这位姐姐真了不起。古时候孟姜女千里寻夫，你姐姐是万里寻夫。孟姜女哭倒了万里长城，你姐姐顶风冒雪，踏破了昆仑山脉，泪水淹没了祁连大草原。

胡佐说：谢谢场长对我姐的照顾，但是我们得赶路了，下午又会刮风。

场长说：好吧，快走吧！

胡佐让玉兰坐在骆驼的脖子上，他自己坐在后面，向着戈壁沙滩出发。一路上胡佐说：大姐，德令哈是天设地造的监狱，荒漠上什么障碍都没有，一眼能看到几十里以外的地方。从赛什克到大柴旦，只有一条路通往外界。就算是带足干粮和水，也只能不饿死，但会累死在路上。所以，在德令哈劳动改造的犯人们是逃不出去的，只能在这里老老实实，进行脱胎换骨的改造。我们去的戈壁分场就更闭塞了，它是折磨右派们的炼狱。

玉兰说，这一路走来，我就觉得奇怪了，有那么多离西宁近的劳改农场，申力都没去，怎么被关押到这么遥远的德令哈。

胡佐说，德令哈是关高级知识分子的地方，尤其是戈壁分场，关押的都是中央直属机关的高级知识分子和国民党的高级官员，什么人材都有。我们场长是个老革命，他说到德令哈农场来改造的专家和高级知识分子比清华北大两所大学加起来的教授还多。

这么多哇，胡佐，你是来改造的，还是管教人员。

我是来劳改的。大姐，我们先不说这个，你往前看哈，你看到了什么？

玉兰向前眺望。说：那不是西安城吗？大雁塔都看得清清楚楚。我们怎就到西安了呢？

胡佐说：这就是沙海蜃景，相传是沙漠中的龙吐的气。其实是因为这个戈壁滩左边是托素湖，右边是柯鲁柯湖，湖上的水蒸气往上升，照映出远方的风景，又将风景反射到戈壁滩的沙漠上，这里的沙漠又白又细，像一面镜子将水蒸汽里风景照出来，你看到的是沙漠里的沙海蜃景。这景色在别的地方很难看到，在这里像放电影一样，时时变幻。

玉兰骑在骆驼上，果然前面草原、雪山、湖泊、高原、沙漠、戈壁、城市，农舍、集市一一出现，真是变幻莫测，令人目不暇接。

胡佐说：所以，没有骆驼，就走不出巴音的戈壁滩。骆驼最能辨识方向，不管前方是什么，它都会坚定不移往前走。

说着说着，戈壁分场到了，风从遥远的地平线吹过来。一望无际的荒野上，除了白云在天际轻灵地飘动，几乎一无所有。那些只属于戈壁滩的芨芨草，蔔伏在地面上。

胡佐把玉兰抱下来，说：场部到了。

胡佐指着玉兰脚边有一个洞口，说：这就是我们办公的地窝子。

玉兰向四周眺望，看到四周都是一排排像她脚边那样的地窝子，就像一排排野兽进出的洞整齐地排列着。

玉兰跟着胡佐往下走，洞里很暗，除一排土炕什么都没有。玉兰心里想：这哪里是人住的屋子，就是一个埋活人的墓坑。

胡佐拿起搪瓷缸，说：我去烧点水。

场部在空旷的平地上搭了一排简易的木棚，木棚里有水井和按压龙头，方便大家用水。

胡佐用手压着水龙头，心里乱糟糟的。他和玉兰姐一路走来都没提起申力，如今已到场里，该怎么和她谈申力呢？

两年前，戈壁分场有近十万右派在这里劳改，如今剩下不到两万人，都是饿死的。起初，在死去的犯人手上绑一个瓶子，瓶子里塞一张纸条，纸条注明死者姓名，年龄。和死去的日期，然后抬到戈壁滩上草草掩埋。后来死人越来越多，活人却越来越少，那些死去的人就只好抛尸荒野。这里干旱少雨，过几天死尸的水分就被戈壁滩的沙尘吸干了。再过上几个月，风沙把干柴一般的死尸吹到沙海里，枯骨分离，有的被沙尘掩埋，有的暴露在戈壁滩上。

申力死去两个月了，这两个月来农场又饿死了上百人。尸骨遍野，哪一具死尸是他呢？

德令哈是个好地方，戈壁分场也在两大湖之间，是绿洲中的沃野。六至九月，这里绿草如茵，野花灿烂，麦田一望无际。麦子从灌浆到收割，犯人都偷偷在田里摘麦穗吃，把麦穗搓一搓，吹去麦壳，将麦粒直接放到嘴里嚼碎吞下。这是一年里唯一能吃饱的日子。十月一过，田野又成了茫茫荒原。

申力是在 9 月初去世的，一般在这段时间饿死的，都是非常遵守农场纪律的犯人，不会去偷麦穗吃。管教对偷吃麦穗会假装没看见，但对完不成生产任务的犯人会处以重罚。一般是扣口粮，重的还会加脚镣，这对农场改造的犯人们来说是十分悲惨的事。

胡佐是以右派身份来改造的，但又属于内部使用的右派。农场像他这种双重身份的管理干部很多，都是反右前资历很高的干部。

玉兰独自坐在地窝子里等胡佐，等了好久不见胡佐回来，只好走出地窝寻找胡佐，只见胡佐站在水棚里发呆。

今日的胡佐与六年前相比，判若两人。那时，胡佐年轻英俊，高大挺拔，说话声音宏亮，行动敏捷有力，即有军人的威武，又有谦谦君子的风度。

玉兰也是在那时认识胡佐，至诚很喜欢举行家宴，一到节假日，家里总是高朋满座，胡佐是座上贵宾。馨兰总要能干的玉兰来帮婆母下厨。玉兰最拿手的菜是血浆鸭和东坡肘子，客人们最爱的就是这两道菜。胡佐每次吃完都会赞不绝口，玉兰越发对这两道菜精益求精，常常主动问胡佐口味怎样，对胡佐的建议格外重视。两人虽不是朋友，也十分的熟络。到了戈壁分场，玉兰更把胡佐当成亲人。

如今胡佐身着黑色的囚衣，胡子拉碴，浑身油腻腻的，那衣服好像从没洗过，满脸尘埃，和所人犯人一样，一脸饥色。只有一双眼睛还炯炯有神，那雪白整齐的牙齿还有点当年胡佐的风度。今日的胡佐叫玉兰很心痛。

玉兰急于打听申力的消息，日已西斜，肚子饿了，口也渴了，胡佐却什么都不曾做过，只站在那里发呆。

从地窝子里走出几个穿黑色囚衣的人，他们将手中的土豆洗干净放进搪瓷缸中，在地上扯几把芨芨草，在地窝子的旁边拔开点土，点燃芨芨草煮搪瓷缸里的土豆。他们也看到玉兰了，很好奇的样子。

胡佐问他们，是否知道申力的下落？他们都不知道。

戈壁滩风很大，天气很冷，那些煮好土豆的犯人端起杯子进了地窝子。这时胡佐才想起玉兰从早上到现在什么都没吃，连水都没喝一口。

胡佐像那几个犯人一样，用脚在地上挖个洞，点燃干枯的芨芨草，将水烧开，端着水回地窝子。见到玉兰说：外面风大，冷得很，赶快进去吧。

进了地窝子，两人坐在冰冷的土炕上，胡佐盘腿坐着，玉兰还不会盘腿，就坐在炕沿上。

胡佐说：姐，你先喝水暖暖身子，到了这里，我也没什么招待你。农场只有在农忙时，叫几个犯人支起大锅做饭，平时把粮食发给犯人，随犯人安排。臂如："要白面的每月十斤，小米的每月十八斤，土豆的150斤。犯人都要土豆，只有土豆才能一天吃上半饱。有的犯人顾头不顾尾，二十天吃完一个月的粮，所以饿死的人很多。场里高级知识分子多，有的家里常寄饼干白糖猪油来，也会送给好朋友一点。像我这种没有亲人朋友寄吃的过来的，就只能自己照顾自己。本来还有两个副场长，前几天死了。今天，我也只能煮土豆招待你。

胡佐从角落里捡出几个土豆放进脸盆，走了出去。一会端着煮熟的土豆进了地窝子。

胡佐说：以前，你招待我，是放了很多佐料的香喷喷的血浆鸭子，可是你来我这里，只有清水煮土豆招待你，我很惭愧。待会吃完土豆，我还用这脸盆烧水给你烫脚。在这里我们就只有两样东西，搪瓷缸和脸盆。

土豆煮熟，沾点盐就是晚饭。玉兰怕胡佐饿，只吃了一个土豆。

胡佐说：大姐，我这辈子吃过的最好吃的东西就是你慢火炖出的东坡肘子，还有你大火炒的，加了好多佐料的血浆鸭子。在这里，吃的没有。还实在找不到女人陪你，你一个人住在地窝子里，我也不放心。戈壁滩的晚上气温零下十几度，所以我也不能像哨兵一样在地窝子外面保卫你。

玉兰说：我们就是亲姐弟，今晚就在这个地窝子里好好说话。我很想知道申力在这里是怎么过的。你也一定想知道至诚一家过得怎样，还有你儿子有多高了，今晚我们就是说一夜的话，也说不完这几年发生的事。先说说你吧。

胡佐告诉玉兰，1958 年春天，他被划为右派，从西北军政大学来到德令哈农场劳教。像他这种军校教官是很受农垦部重视的。一来就任德令哈农场副场长。第二年，成立了戈壁分场，他被调到戈壁分场任场长。那一年从北京来了几十个留过洋的专家，申力就是其中的一个。

那时的申力，脸上带着被充军边关的悲哀，非常的消沉，人也瘦弱，走路摇摇晃晃，好像马上就要倒下去，胡佐很担心他熬不到夏天。

知识分子好管，德令哈农场从没发生过偷盗、斗殴事件。戈壁分场就更好管了，像申力这样的出过国，享受过国家最高荣誉的知识分子，住进墓穴一般的地窝子，吃清水煮土豆，竟沉默至死，怎么死的，也没人管，将尸体扔到戈壁滩上。

农场对完不成劳动任务惩罚很严厉。那些专家们总是完不成任务。胡佐只好暗中帮助他们。如春天播种小麦，任务重，很累人。胡佐让专家们在地窝子里选种，把发霉发芽的麦种挑出来。

九月收割麦子，没有机械化，全是人工收割。任务很重，有的犯人直接累死在麦田里。胡佐要专家们把地里长得又长又结实的麦穗慢慢的选出来，慢慢的数清楚每穗多少粒，用本子记录后粘上标签就行。收油菜籽的时候也一样，没什么轻松事好安排，要他们随着货车到西宁去出公差。

分配到戈壁分场的专家们，有着令人惊骇的驾驭自然的力量，但没有能够驾驭社会的力量。他们被划成右派，而且被分配到德令哈这样的地方，有的桀骜不驯，总与人斗，有的过于软弱任人摆布，心里憋屈着，所以，专家们在这两年里全死掉了。这里人烟稀少，押送犯人的公安，到了这里就不准回去，从来去青海农场的劳改犯人，只进不出。犯人一旦到了那里，就是永久的流放。专家们傻吗？他们还有机会回北京吗？没有希望的日子把专家们都折腾死了。胡佐说，他都不知道申力是靠什么支撑了两年半。

玉兰告诉胡佐，关于至诚一家所遭遇的不幸。当说到馨兰死亡时，胡佐的脸上露出巨大的悲痛，唇被牙齿咬出了血，血滴在他的衣襟上，他竟毫无察觉。

他说：是我害死了她，柳碧莹把对我的恨全部发泄在她身上。

至于胡佐的儿子柳旭，玉兰说她只看到过一次，长得很结实，很像胡佐。

玉兰说，其他的人呀，她知道得很少。

胡佐说，能知道这么多朋友们的消息，他已经很满足了。总之，凡被打成右派的，都遭遇了人生最大的苦难，不死也脱了一层皮。

胡佐请求玉兰，不要把他的实况告诉给故人们，尤其不能让柳碧莹和儿子知道。

农闲时节，戈壁分场的劳教犯人唯一能做的事就是躺在地炕上睡觉。文件和报纸都很难送到这遥远的流放之地。

每天上午九点，各中队集合清点人数，逃是逃不出这里，少了的人就是死掉了，汇报到场部，由场部通知死者家属。

胡佐带玉兰到申力生前的中队，旷野上站着几百个穿着黑色棉袄的人。队长向犯人们介绍了玉兰，囚犯们的表情很麻木，很可怜。

胡佐问：申力的地窝子里还住着谁？

有人回答：没有了，他是最后一个死的。

胡佐问：是谁把他抬出去的？

有两个人走出队列，说：我们俩。

胡佐问：你们把他抬到哪里？

那两人指着西方不到五百米的地方，说：就放在那儿。

胡佐叹口气，他知道申力早就不在那儿了。

在未到青海前，玉兰根本没有想到青海有这么荒凉，青海的山这么高，路这么难走。即使找到申力遗骨，她也没有力气把他背回去。昨晚她在胡佐的劝导下，已放弃了这个念头。

她说不管找没找到申力的遗骨，她要朝掩埋申力的方向叩拜三次，告诉他，她来看过他了。告诉他，她会侍奉好公婆，养大他们的女儿。她要祈求他，从此西天路上不必牵挂，一路走好。如果逝者有灵，埋他的人一生平安。

现在，埋他的人告诉她，申力在那个地方停留过。

玉兰向西走了五百米，看到好多的遗骨，一张张脸像蜡像一般，都穿着黑色的囚衣，彼此紧挨着，被薄薄的沙尘掩盖。他们的身后，有更多的被尘封了的石窟，千姿百态的遗骨在旷野中沉默，就像千万封尘的故事正在风雪里消逝。

玉兰一定要去申力住过的地窝子看看，她看到申力留学时用过的皮箱摆在地炕中间。

玉兰打开皮箱，第一眼看到的是他们的全家照，是女儿周岁那天拍的，每个人都笑得很幸福。

照片下是申力的日记本，翻开日记本，扉页上写着：我的每一天，都献给爱妻玉兰。

日记本下是放置得整整齐齐的关于长江电力枢纽的设计图，以及他写给水利部的论文。就是这篇论文，让他成为右派。论文下是他生前用过的手表，手表下是他洗得干干净净的一套内衣。

玉兰把脸贴在皮箱上，让泪水尽情地流。

她说：亲爱的，我终于找到你了！

胡佐也明白了申力为什么能撑到最后。

《亲爱的，今夜我在德令哈》

亲爱的，今夜我在德令哈，夜色笼罩
我的爱人，今夜只有戈壁
草原尽头我两手空空
悲痛时握不住一颗泪滴

　　爱人啊，今夜我在德令哈

　　这是雨中一座荒凉的城

　　除了那些路过的和居住的

　　德令哈……今夜

　　这是唯一的，最后的，抒情。

　　这是唯一的，最后的草原。

　　我心留在这里

　　让流沙自由飞行

　　今夜花儿只属于他自己

　　一切都在生长

　　今夜只有美丽的戈壁空空

　　亲爱的，今夜我不关心人类，我只想你。

　　这里的星空是那么的璀灿、明亮，星星在头顶微笑，北斗总在中天旋转，月亮更是脉脉含情凝视大地。

二十二

大跃进像一阵风过去了，它跃出了的谎言荒唐无耻。它孕育的不幸让岁月痛苦，它可以凭空捏造奇迹；它制造出中国三年饥荒饿死几千万百姓的故事载入史册。

很多街道工厂因陋就简仓促上马，随着大跃进的一败涂地而颓然倒毙。

方秀芬因连遭不幸，只好背着刚刚一岁的孙子去街道纱厂纺纱，虽然收入菲薄，挣的却是家中的养命钱。如今工厂说没了就没了，连去年她投资的本钱都没退给她一文钱。如今一家三口一分钱都没有，叫她们怎么活下去？

方秀芬看着两个在饥饿中挣扎的孩子，内心的苦楚化成泪水滚滚而下，整日以泪洗面。她几次走到卖鼠药的地摊前想买一包鼠药拌在食物里让自己和孩子们一起吃下去共赴黄泉。可当她看到可珍天真的笑容、清澈而单纯的眼睛无比依赖地看着她；听到可琪总伏在她膝头亲热稚嫩地喊着"奶奶"，她的心就颤抖起来。她怎么忍心去杀害这两个可爱的孩子？可她又拿什么去喂养他们？

她点亮一盏青灯，在漆黑的夜晚跪在灯前对佛说：菩萨啊，我知道信佛的人是不能杀生的，但我们就要饿死了，求您指引好心人来收留我的孙儿孙女，给他们一条活路吧。菩萨啊，我已经活够了，幸亏您保佑，我已过了几十年的好日子，如今能让我去地下与丈夫团聚是我的福气。菩萨啊，我修行几十年，虽然不是功德圆满，也是虔诚敬奉啊。

第二天，方秀芬拉着可珍、抱着可琪站在人流熙熙攘攘的桥头上，向过路的人问道：你们要孩子吗？他们已经没有父母了，求求好心的人收养他们。

没有人理睬他们，有热心人劝说：老人家，现在大家都在挨饿，谁会收养孩子呢？

还有人说：乡下有人把自己的孩子煮了吃了，你就不怕别人把他们吃掉？

方秀芬吓坏了，赶紧把可珍、可琪带了回去。

饥饿席卷全国，饿殍遍野，人吃人的事都发生了，找挣钱的活想都别想。方秀芬已经卖掉了她的棺材，那是她四十岁时为自己准备的金丝楠木棺材，又卖掉自己的狐皮袄和金丝猴皮褥子，还有家中收藏的字画。所有值钱的东西都是贱卖掉了，最后只好将粮折上的计划米按黑市价偷偷卖给隔壁有钱的老邓。本来三人只有六十斤米，有时粮店计划供应的还是红薯干，但为了换来几元钱来买计划口粮，必须卖掉三十斤米。于是她一省再省，天天仅喝一一点点野菜粥，把粮食给孙儿孙女吃，自己任凭饥饿折磨。日子越过越艰难，她也越来越羸弱，腰背弓了、浑身浮肿、一步三喘气。

每天放学后，可可都要去市郊的菜地里拾菜农们丢弃在地上的残叶和菜根，把它们当作宝贝一样放进书包里带回家中。她看到奶奶方秀芬将残叶和菜根洗净，切得很碎很碎，加一点米和盐熬成粥。粥虽然有点苦，她和可琪却喝得很香。奶奶还对她说：野菜、老菜叶和植物的根都很营养，这年头能有口粥喝就不错了。

可珍不知道奶奶的腿为什么肿得透亮，用手指轻轻一摁就是一个坑；不知道三岁的可琪为什么还不会走路，她总是尽力跑到更远的乡下去拾菜叶。自从上次为了几片野菜几乎丧命，奶奶就不准她去拾菜叶了。明雪阿姨说他们真是够可怜的，要她不要再去乡下拾菜叶，她会想办法让她们过得好一些。

从那以后，明雪每隔十天半月给可可一家送去一桶泥鳅和几斤黄豆。方秀芬将泥鳅养在缸里，煮粥时放几条泥鳅和一把黄豆。

几个月后，孟母的水肿病奇迹般好了，琪琪也能走路了。

方秀芬感激万分，对可可说：你一定要记住明雪姑姑的恩情，她是我们的救命恩人哪。

至诚离家几年，很少写信回家。凡有人从洞庭湖的农场回来，方秀芬都会去打听他的消息。让她欣慰的是儿子还活着。

儿子不写信回家，她能理解他，家里生计艰难，他不能帮一分一厘，心里愧疚。再说她又不识字，写信何用。可珍可琪都是他离家时要她送人的，他一定当他姐弟已离开了家。也许，他把自己当作已死去的人，不让家人再得到他的信息。

儿子活着她欣慰，儿了吃了很多苦，她心如刀绞。他不能帮到家里，她不怪他。她不能帮到儿子她好心痛。

方秀芬虔诚信佛，可她没有香火钱。好些庙宇已改为他用，宗教被人说成了封建迷信。方秀芬只能在晚上众人睡熟后，打坐念经到天亮，求佛保佑母子还能见面。

63年的三月，可可记得那一天很冷。她没捡到什么菜叶菜根，看到离外婆家不远，就到外婆家去。

自从外公去世后，外婆家也过得很艰难。外婆和姨婆（外公的妾）继承了外公地主分子的身份，成了阶级敌人。她们的粮食定额比一般社员少，出工的工分比一般社员低，还要出满勤，不能休息，隔三岔五要被批斗一次。玉兰姨妈每月工资三十元，要养活公婆女儿，每月只能给外婆五元生活费，比可可大一岁的舅舅早已失学在家，帮着维持生计。

尽管如此，外婆家对可可家的帮助可谓雪中送炭。每逢冰天雪地不需出工的日子，姨婆必来可可家，送来平日积攒的鸡蛋，腌菜和生产队分的，她们舍不得吃的鱼干和新鲜疏菜，帮他们家洗洗涮涮，买好柴火。

可可要是捡不到菜叶，就会去外婆家拿点。那时乡下比城市活泛，地里长出的东西比城市供应的多。

可可在外婆家拿了一篮子新鲜蔬菜，再多也拿不动了。姨婆送她好远，回到家已经天黑。

刚要进门，奶奶轻声说：可儿，你爸回来了。

可可看到爸爸坐在餐桌旁，微笑着看着她。五年了，他的脸没有变化，依然年轻英俊，还是带着金丝眼镜，全身上上下下非常干净。

可可感觉父亲认为她会扑向他的怀抱。但她没有，她放下菜篮，将身子倚在门槛上，不想进去。她心里有点激动，又有点陌生，也有点恨他，他让她吃太多苦了，不配做她的父亲。

奶奶把她拉到父亲身边，又把琪琪也拉过来。对至诚说：看看，他们都长大了。

可可看到父亲微微低下头，哭了。

当初，至诚打成右派离家时，可可刚念小学。回来时，可可小学毕业，下学期就要上初中了。他家的小洋楼被没收被拆了，豪华的法式家具荡然无存。眼前的房子只有被烟灰熏黑的四面墙壁和几件破旧的家具，昨日与今天，恍若隔世。

至诚回家才几天，他已经觉得自己与这个世界格格不入。他没有户籍，没有工作，也没有可交往的朋友。为了上户口，派出所要他出具几个证明：证明他是方秀芬的儿子，证明他一直住在孟家院子，证明拆院子时他在劳动教养。居委会很歧视他，为难了好久才给他开出证明。

他到师范学校，请求学校安排工作。学校说：凡是右派一律开除公职。老师们好像都不认识他了，他质问厚生，说：当时让我去劳动教养，仅仅是思想改造，说好半年回校工作，怎么就变成了开除公职？

厚生说：至诚，这是按上面文件办的，谁也没办法。

至诚懊恼万分，彻底崩溃了。

他知道招工、招聘、工资、离退，统统属于国家统筹。没有工作单位，就没有工资。没有工资，还能活下去吗？至诚在床上躺了两天，想着自己在苦难中煎熬了五年。本想回家后拿一份薄薪将儿女养大，没想到被开除公职，成了家里的负担。如今女儿都不愿叫他一声爸爸，如此窝囊地活着还不如死了算了。

至诚坐起来，抹去一把眼泪。他忽然看到床前站着一个年轻女子

至诚觉得这女了有点面熟。女子惊喜地喊：孟校长，你回来了？还认识我吗？

时隔五年，明雪更成熟更漂亮，至诚多看几眼就把她认出来了。但此时，至诚低头不看她，说：对不起，不认得了。

孟校长，我是……

不要叫我孟校长，我姓孟，就叫我老孟。

见孟至诚回来，明雪真的又惊又喜，左顾右盼，家里除了至诚，另无他人。她说：我是来看伯母的，带来了泥鳅和黄豆，我在这儿等会伯母，你不介意吧？

至诚说：你请坐。

刚说完，明雪看到孟母回来了，招手要她出去。

到了外面，方秀芬把至诚被开除公职的事说了一遍，撩起衣角拭泪，说：本以为他回来，家里的事可以交给他了，我也好歇息一下。谁知他躺在床上几天，不吃不喝的，把我都急死了。

明雪沉吟片刻，说：你老和孟校长都不要着急，天无绝人之路，我的哥哥是公社干部，朋友多，路子广，我去跟他说一声，看能不能给孟校长找一份工作。

孟母说：如能这样，感激不尽。

过几天，明雪来了，还提了几只鸡送给可可家。明雪说：老孟，这鸡是我父亲要我送给你的。他非常感谢你在那年冬天帮我们买衣御寒，他本来要亲自来谢你的。我把你的事跟我哥说了。我哥说，现在是国家困难时期，国家干部，工厂工人大下放，找正式工作很难。不过，天下无难事，只怕有心人。找不到正式工作，可以先打零工。只要你不觉得委屈，就去我哥的基建队做小工，每天工钱一元，总比呆在家里好。

至诚说：有份工做就好，还有什么委屈的，请代我谢谢你哥哥。

方秀芬说：明雪，这三年来别说吃鸡，就是鸡毛也难得一见，怎么谢谢你呢？再不你吃了饭再走吧。

不啦，我下午有课，得走了。明雪说完走了。

二十三

第二天，至诚早早去了工地。他的工作是搬砖头，挑泥浆。砖头和泥浆每担都有百八拾斤，从地上挑上十几米高的脚手架。

第四天，他的手磨出了血，肩膀的磨皮破了，肿得像大馒头。第五天，他觉得无法做下去。

那天晚上，林玉兰来了。她是才知道至诚被释放了，赶来看望他的。

五年不见，玉兰老了，又黑又瘦。玉兰见到至诚，就想起丈夫申力，泪水止不住湿了衣衫。

玉兰好不容易平息下来，问起至诚对未来有什么安排，至诚说起这几天在建筑工地做工的经过，说：大姐，我从小就没有体力，看来卖苦力的事我是无法吃得消的。

可是，除了卖苦力，又能找到什么工作？至诚，我给你做个厚点的肩垫，明天再给你找几双厚点的帆布手套，你再坚持扛几天，也许慢慢会适应。

玉兰说干就干，立马找出一些破棉絮做肩垫。奶奶见可儿平时很听姨妈的话，就把至诚已回家这么久了，可儿还没叫他一声"爸爸"的事说了。

玉兰问可儿：你不是很想爸爸吗？为什么爸爸回家后反而生分了？

可儿一下子伤心地哭了，她说：他是右派分子，我不想再喊他爸爸。这几年，因为他是右派，我受了很多委屈。同学们都不叫我的名字孟可珍，而是叫我孟妖怪。有的同学追着我唱"右派右派，像个妖怪，当面说的好，背后搞破坏"。他这么坏，我能叫他爸爸吗？

大家都沉默了。

玉兰把肩垫做好了，她轻轻问可可：你们老师怎么说？

老师说，右派子女要和父母划清界线，昨天，老师还在讲台上这么说。

至诚说：可儿，别哭了。爸爸知道了，你不叫我爸，我不生气。

过了几天，明雪来了。她带来一个好消息，工地有人在她哥面前告状，说了至诚一大堆坏话。她哥说那人说来说去无非是至诚体力不够，既然如此，就让他去油漆组做油漆。

明雪说：老孟，我哥说油漆工是技术工，不费力，每天的工资还多两毛钱。我小时跟我哥做过。我给你带做油漆的工具来了，今天先教你一招，以后不懂再问我。听明雪这么说一家人无不感激欢喜。

二十四

三年的饥荒终于过去，城市居民的物资供应相对丰富一点。

这一年，可儿考上了一个好的中学，她和石柔、柳旭成了同学。

也就在这一年，孟母被定为漏网地主，戴上地主分子的帽子，成为阶级敌人。厄运像个恶魔如影随形走入孟家。

六月，方秀芬收到在北京大学念书的儿子至信的一封信，信里仅一句话：妈妈，别找我。

"妈，至信不是就要毕业了吗？"至诚说。为什么要我们别找他？

"我也觉得不对头，赶快写信给他问清楚。"

方秀芬接着说：老邓家在湖南大学念书的儿子，因为偷了学校食堂的一钵饭，被开除了。

至诚低头不语。

孟母说：唉，这年头，饭怎么成了比金子银子还贵重的东西？

"妈，至信不会做这样的事。在北京，大学还是保证供应的，像北大这样的学校，学生不但吃得饱，还吃得好。至信不是说他们从不知道全国人民正在过饥荒的生活，他为什么要去偷饭吃？"

孟母说：信儿一定出了什么事，不然怎么会说不要去找他。

至诚说：妈，你别急，先写信问问他吧。

至诚在信里说：至信，你就要毕业了，就会成为一个人人羡慕的外交官了，我们都为你高兴，有什么不能解决的事情可以商量，务必立即回信。

至信一直是孟母活下去的希望，见母亲急得直抹眼泪，至诚安慰说：厚生在北大有一些关系，托他去打听一下，也许没什么大事。

111

有时，厚生会来至诚家，和至诚一起下棋聊天。

这一天厚生来了，至诚把至信的事讲给厚生听，厚生说：总不至于无原无故与家里断绝关系吧。我也算是看着至信长大的，十分了解他，是个非常诚实，有理想有抱负的青年，而且聪明勤奋，外表也不错，是当外交官的人材。他又会发生什么事情呢？我看，十有八九是因为失恋了，说出傻话。

至诚说：他马上就毕业了，我想请你帮帮我，找你北大的朋友打听他的情况。

厚生说：至信也是我的弟弟，我会不尽力而为吗？只是找谁帮忙才最合适。

方秀芬说：厚生，至诚回来后，做工也不正常，打打停停，能挣三十元就不错了，家里本来就捉襟见肘，盼着至信毕业帮家里一把。

厚生说：伯母，你的意思我知道，我马上就写信。

几天后，厚生收到北大好友寄来的一封信，信里说至信卷入了一桩间谍案，已被公安局逮捕了。这真是晴天霹雳，把孟至诚炸晕了。

厚生对至诚说：我不相信至信是间谍，想知道是不是公安局搞错了。我去省政府找了好多的关系，又给北大的好友写了信。打听来打听去，都是不太好的消息。譬如：从今年起大学一律只录取工人、贫下中农，党员干部、中农及同等成份的子女，招干，参军，招工，升学，出身不好的子弟都会受到限制。朋友说至信的事究其根源还是因为出身不好，替别人背了黑锅，都劝我说间谍这事弄不好就会城门失火，殃及鱼池。

至诚说：至信还在母腹中，我的父亲就去世了，他是由母亲拉扯大的啊。难道会因为家庭成分不好就要替人背黑锅。

厚生说：你平时是个明白人，今天怎么就变糊涂了。你至诚在解放前是个很单纯的学生，可是你的父亲是个小官吏。我在解放前也是个学生，我的父亲是个教员，可是我的祖父曾经当过县丞。由此可见，知识分子里有大批人与旧的上层建筑有千丝万缕的关系，而他们今天仍然占据在上层建筑。至诚，我听说今年在贯彻阶级路线的同时也要清理阶级队伍，每一个人都要进行彻底审查，重建档案，谁也逃不掉。我注意了柳碧莹，她最近就像霜打过的茄子，蔫了。她与刘市长的事已被组织察觉，市委对她的历史进行调查。柳碧莹被查出是大地主的女儿，父亲在土改时被镇压。不过，她母亲是柳家的丫头，被赶出柳家后，带着她嫁给了贫农。家庭出身够复杂的，她的仕途大概到此为止，再查出作风问题，她就玩完了。你现在应该明白这条政策是针对谁制订的了，是针对出身不好的知识分子们制订的。

至诚讪讪地说：我明白了，党的阶级路线就是把人划分成人民和敌人两大阵营，让人民成为党的可依靠的朋友，去歧视污辱少数的党的敌人。这不是今天才有的政治伎俩，希特勒就是利用基督教徒杀害犹太教徒而挑起世界大战，两千多年前的商鞅已经把它称为驭民术写在《商君书》里，都是利用被愚弄的大多数人，欺压少数人。虽然，所有的人都生活在计划经济中，所有人都很贫穷，但国家可以轻而易举的把所有人控制在自己的权力之中。总之，我们已被划为阶级敌人，是被牺牲的一代人。

厚生认真地说：是的，这就是党的阶级路线，不让阶级敌人一下了死掉，温水煮青蛙，慢慢折腾。

至诚看了一眼厚生，默默无言坐到一旁去。仰望星空，心里在喊：至信，不会因为我是右派而影响你吧，不会是妈带地主分子的帽子害了你吧。

厚生走时对至诚说：不要把至信的事告诉伯母和其他人，这事还没弄清楚，说出来会造成不良影响。这是一个很敏感的政治时期，凡事谨慎为好。

至诚说：这个我自然是知道的。

二十五

五年前的今天，是至信一生中最最幸福的一天。那一天，他如愿以偿走进神圣殿堂——北京大学。

那一年，北大的外国语系法语班招收十八名学生，他是学生中最引人注目的美男子。风度翩翩、气质、谈吐无不带着自信和从容，身上干净得像一枚崭新的银币。没有人相信他的家里刚刚经历巨大的变故，他正一文不名的生活着。

好在那时学校发给学生一点生活费，他学习成绩好，拿到比别人多的奖学金，大学勉强可以读下去。他除了呆在图书馆，就去游泳池。他听说游泳可以保持健美的身材，再说他嫌自己的皮肤太白，游完泳再晒一晒太阳，将皮肤晒成小麦色。

北大是世界知名的大学，外语系是培养中国一流外交官的摇篮，学生们一毕业就走进外交部，这是众所周知的。他主攻法语，选修英语和荷兰语都是欧洲语系，将来去的是世界先进文明的国家。所以，欧洲语系的学生个个气宇轩昂，意气风发。

第二年，他认识了克琳娜。

克琳娜是比利时王室的公主，也是北大唯一的比利时王国的留学生。她高鼻深眼，身材修长，火红的卷发把脸衬得雪白秀丽，浓密的金色的睫毛微微上翘，眼睛就像两汪碧水荡漾。最惹人注目的，是她脸上灿烂的笑容，就像初升的太阳温暖而绚丽。

不知道从什么时候开始，无论在图书馆还是在游泳池，他都会碰到她。她是来学习中文的，而他学习的法语和荷兰语是克琳娜的母语。他们很快能自由交谈。

后来，她说要向他学习中文，他也很认真的教她。再后来她约他

6666666666

一起去图书馆或一起游泳，有时会去打网球或散步。至信喜欢克琳娜的活泼与率真，觉得和她在一起很愉快。

直到有一天，学校负责政治工作的干部把他叫去谈话。

他们拿出一张照片，那是克琳把头枕在至信的腿上，正睁大眼睛看着至信，眼里充满爱意。

他不知道他们什么时候拍下的这张照片。很多时候，克琳娜累了，都要求枕着至信的腿休息一会，这是他们最亲密的举止。

他们问他，是不是和克琳娜有恋情，他说：克琳娜从没说过爱我，我也没说过爱她。我们只是好朋友。

他们说，相信至信说的是事实，但是，欧洲人很浪漫，就是王室的公主们也很开放。大学虽然不会明令禁止境外恋，但对于有损国家利益或荣誉的恋爱会禁止在校园发生。

我和她只是好朋友，如果你们觉得不合适，我立即和她分手。

至信再一次表白。

但他们说，对国家有益的恋爱是革命的需要，像他和克琳娜，国家希望他们立即成为情侣。因为比利时首都布鲁塞尔是《大西洋公约》的总部，荷、比、法、意、德五国即将在布鲁塞尔召开秘密会议，这五国都是欧洲的科技强国，而且，当前国际形势十分紧张，第三次世界大战即将暴发，这一次会议将对国际形势造成巨大的影响。国安局希望尽快知道会议内容。克琳娜的父亲是王室成员，比利时又是东道主，国安局考虑再三，觉得把这个任务交给至信比较合适。第一，他和克琳娜的关系已经很亲密了。第二，至信英俊挺拔，很有男性魅力，举止也很优雅，黑色的眼睛尤其迷人，很符合欧洲人的审美观。于是他们要他去迷惑克琳娜，再让克琳娜去窃取会议内容。只要至信按他们制订的计划一步步去做，成功是瓮中捉鳖，十拿九稳，比利时王国对于中国的外交举足轻重，成功后他们会考虑至信的分配问题。最后这句话的潜台词是：外交部会考虑把他派到比利时去。

那一晚，至信翻来覆去睡不着觉，他本来要严厉拒绝他们的无耻要求。但他没有这么做，而是以沉默抗拒。他非常爱克琳娜，克琳娜也非常爱他，两颗年轻的心都感受到对方炽烈而纯洁的爱情。

至信想，纯洁的爱情能掺进利益的渣滓吗？让他诱惑克琳娜去窃取情报，这不是犯罪吗？他是那么的爱她，为了他的克琳娜，为了他纯洁的爱，就是让他死一万次，他也不做这样的事。

后来，他们又找过他几次，每次都说这是党和人民交给他的革命任务，希望他为党为国为人民去完成任务。告诫他不要为了所谓的爱情而成为帝国主义的帮凶。

至信干脆不理睬克琳娜，告诉他们，他已和克琳娜分手了。

他们说，国安局在监视你的一举一动，你的小伎俩瞒不过他们。祖国信任你才用你，你要是让祖国失望了，你将会对你的行为付出代价。要知道，国家有的是人材。同时他们也暗示他，对于他这种家庭出身的人，如果不服从党的命令，捏死他比捏死一只蚂蚁还容易。

不久，克琳娜被召回比利时。分别的那一天，克琳娜约他去未名湖畔，克琳娜紧紧拥抱他吻他，说永远爱他，会在阿尔卑斯山的少女峰上等他，要在比利时的皇宫与他举行婚礼。她反复告诉至信她的通讯处，嘱咐至信记得去布鲁塞尔相见。

至信克制着自己的激情，他一直默默回应克琳娜的热吻和拥抱。

凌晨，他们在未名湖畔吻别。

回到宿舍，至信发现衣袋有一个信封，打开一看，里面有一张由克琳娜签名的存在瑞士银行的十万法郎的支票。

至信苦笑了一下，他知道，没有学校和公安局的证明文件，谁都取不出外汇。

克琳娜走后，一切风平浪静，第三次世界大战没有暴发，负责政治工作的干部们也没找过他。

毕业前夕，国安局的人将他传唤到校长的办公室，当着校长的面，举起克琳娜给他的那张支票说：这是我们刚刚搜查到的，境外间谍组织付给孟至信的活动费用，我们现在以间谍罪将孟至信逮捕。

二十六

这一年，自由市场逐渐开放，居民们能买到比前几年多很多的物资，但是，政治气氛越来越紧张。又一场运动悄然而至，虽然这场运动名不见经传，却改变了无数人的命运。

七月的最后一个晚上，天气炎热得让人无法入睡，至诚来到离家门不远的河边。他坐在河岸光滑的青石板上，仰望着晴朗的夜空。月儿如钩，银河缥缥缈缈星光璀灿，晚风清柔地吹拂。在朦胧的夜色里，至诚的容颜如天人般俊美，所有的痛苦都在长而浓密的睫毛里闪现，你会觉得那里面不是眼睛，而是一条流淌着苦难的河流，以至使至诚的表情是那么的深沉，那么的痛苦，那么的绝望。

妈、可珍，可琪：永别了，我对不起你们，我再也养不活你们了，请你们原谅我的无能。

这是刚才至诚留下的绝笔！

四清运动是一场针对农村基层干部和地富反坏右的运动。它的形式是清查农村基层干部的经济问题和灌彻党的阶级路线，实际上是上层又一次争权夺利的斗争。

明雪的哥哥因为让右派分了孟至诚做油漆工而成了四不清干部。基建队首先撤去他的队长职务，还要进一步清查他的经济问题。

因为四清运动，让至诚做一份苦力都祸及他人，这个社会彻底把他封杀了。

痛苦与绝望使至诚认为，连自己都养不活的人生有什么意义，不如死了，死了死了，一了百了。

他来到江边，一路上空荡荡的没有人，到了江边也只有悬崖下的江水翻滚着黑色的波涛，发出沉闷浑厚的撞击声。秋风呼啸，悬崖上的芦苇摇曳如幢幢鬼影。母亲、馨兰、至信、可珍、可琪一个个像过电影一样在他脑海中走过。至诚跪在地上,伤心与绝望使他用头撞着岩石,血流满面。

最后一个出现在他脑海的是王国贤的妻子刘灿,至诚回来后去看过她几次。那个知识型的女人以她弱小的肩扛起一家八口的生活,以纤细的双手托起儿女们的天空。她不仅婉言拒绝至诚的帮助,还替至诚担心。担心他找不到合适的工作;担心他难以融入这个复杂的社会;担心他接受不了人们对他的歧视。

她说:人民已把右派分子们压在社会最底层,其地位如印度的贱民和美国的黑奴,我倒没什么,就是孩子们害怕歧视,压力很大。你回家后要好好保护孩子,他们最容易受到伤害。你一定要保护好你的孩子!

保护孩子!保护孩子!像一道闪电,照亮至诚黑暗的世界。

我死了谁会帮我保护孩子!!母亲已七十高龄,戴着地主分子的帽子,她还有能力保护我的孩子吗?

馨兰死时,我好像天塌下来了,一心求死,是妈妈救下我,还帮我养了五年的孩子。我却忍受不了屈辱,再一次想到死。我死了谁来保护我的孩子?天哪,还真是求生不得,求死不能啊!

他忽然清醒了,转过身朝家里走去。

母亲在为至信悲泣,至诚沉默不语,走上阁楼,他撕掉绝笔信,重新清理伤口。

从那以后,为了养家,至诚从城市流浪到乡村,过着半饥不饱的生活。每天问遍所有的工地是否需要一个廉价的苦力或手艺并不高强的油漆工。找不到工做时,他去当伐木工,去放木排。有一次他被人抬回来,原来他在码头上扛木头时,踩空了脚,连人带木头摔了下去,差点被摔死。伤好了,他去拉板车,有货拉的时候他拼命干,没货拉的时候,他躲在某个漆黑的角落打个盹。饿了,他会像乞丐一样把地上的吃食捡起来,拍去灰尘塞进嘴里。他做过一份别人都不愿做的工作，就是为火葬场守夜。一般情况晚上没有死人送进火葬场的，只有那些无家可归者或意外死去的人才会在夜晚送来火化。火葬场的职工都不愿守夜，他们害怕在夜里撞见鬼魂。于是他们请一个临时工。这份工作没人愿意干，而至诚是个无神论者，他不相信人有灵魂，敢去那阴森森的地方守夜。况且工作轻松，守一晚能得到一元钱的收入。只是在漆黑的夜晚，他面对着比死还难受的孤单，总爱去回忆幸福时刻。

至诚是不愿回忆过去的生活，尤其是认识馨兰以后的生活，他要硬生生地把自己和过去割断。

那天，至诚刚刚收工回家。忽见厚生匆匆走来，一脸兴奋。见了至诚就说：柳碧莹那个女人把自己搞垮了，她与刘昆的事已暴露无遗。刘昆被派遣到四清工作队，等运动结束会留在乡村做一个基层干部。柳碧莹已撤销职务，只保留党籍。我常说，共产党员不在于工作能力怎样，而在于跟对人。刘昆垮台，由唐庚接管刘昆的工作，主管教育战线。我和唐庚是多年的战友。唐庚要我先代理柳碧莹的领导职务，七年了，我们又是一个轮回。我有权了，第一件就是聘请你去学校，做有编制的代课老师。当然，这也是与唐庚商量好的。虽然你离开讲台几年了，但我相信你只要温习几节课，就会大受学生欢迎。这好比技艺精湛的琴师，虽然很久不曾演奏，一旦琴在手，就会娴熟地弹出最美的乐曲。你什么课不会教？就连学生最不感兴趣的教材教学你都能让学生听得如痴如醉，我对你的教学很有信心。代课老师的工资是以课时计算，每个课时费一元钱，我一月最少安排你六十个课时。

另外，你家的房子太挤，不足十五平米，你和可琪睡在不足两米高的阁楼上，春天漏雨，夏天曝晒，太苦了。我已安排你一家住进师范学校。你还记得绿苑旁的几间杂物屋吗？我已叫工人打扫干净，家具都有，你们只要带上自己的衣物与日用品，就可以入住。不过，我得与伯母商量一下。

方秀芬正听得喜滋滋的，说：厚生，你尽管说。

厚生说：伯母，你老的身分是阶级敌人，就留在家里，不跟至诚一起搬过去了。你老不必难过，不是至诚不孝顺你老，而是个态度的问题。有这个态度就表明至诚不是地主阶级的孝子贤孙，已与地主阶级划清界线。为了至诚的前途，即使是我残忍地把你们一家分开，相信你也能理解我。

方秀芬说：我感谢您还来不及，怎么会生你的气。无论哪个居委会都对我们四类分子管得很严，每月要向派出所汇报，出门要向居委会请假，随时随地都有人骂是我万恶的地主婆，我的老脸也被玷污得差不多了，至诚就是要我去，我也不去。至诚搬走后，我只在家门口买菜晒太阳，省得去见人。

厚生说：那么，至诚明天就可以去学校报到了。我把明雪也调到师范的后勤部，政治运动这么多，后勤部千万不能乱，明雪虽然学历不高，但出身贫农，有情有义又有原则，很适合这份工作。

五年来，这个城市虽然变化不大。但师范学校的门口修了一条通往城市中心的马路，有了一辆往来于城市中心的公共汽车。学校里砍掉树的地方种上了菜，给人一种格格不入的感觉。那两棵鸽子树在厚生的极力保护下活了下来，但不再开花。

像做梦一样，至诚一家又重新回到第二师范。至诚又站在讲台上。不同的是，至诚从校长变成编外代课老师。

二十七

可珍虽然还是不叫他爸爸，但至诚很痛爱可珍，他让可珍去住校，和同学们住在一起。

从前可珍那么爱笑，现在很忧郁，难得有个笑脸，也不再与石峻石柔和柳旭一起玩。

自从贯彻阶级路线，可珍就感到这个世界变了，一切都朝着让她苦恼的方向发展，几乎每一本书每一节课都在告诉她千万不要忘记阶级斗争。要与阶级敌人划清界线，因为他们人还在，心不死，正在勾结帝国主义推翻让穷人当家作主的社会主义。

可珍对"人还在"很敏感，她知道这些"人"就是她深爱着的祖母、外婆、姨婆、保罗，俞竹阿姨，还有她的父亲和叔叔。于是她迷茫了，痛苦了。

在学校，她很孤独，班主任在讲台上批评她思想不纯洁，好像她就是一个小阶级敌人。她不再去紫苑为自己曾经喜欢的漫画痛苦。她曾经那么爱他们，他们却是人民的敌人。她不去看望祖母和外婆，因为她们都是地主婆，地主在她心目中就是黄世仁和刘文采。外婆曾经告诉她，自己是劳动地主，她比长工们起得更早，睡得更晚。她家的柑橘园是她辛辛苦苦的打理才有收获的，只有采摘柑橘的时候才会请几个短工。外婆对自己被划成地主感到不公平。

祖母说，祖父死后，她带着年幼的两个儿子，感到孤苦无依，便买了十亩水田请人耕种，收获后五五分成。最好的一年收了二十担谷，碾成米也只有一千二百斤，刚够一家三口吃饭。土改时她划的成份是小土地出租。随着阶级斗争的升级，在去年升为地主，并带上地主分子的帽子。有一次，外婆走了二十里路到师范学校来看她，可珍怎么也不肯见外婆。气得外婆大哭，说：我养大你妈妈，又养大你，你却把我当敌人，你有没有良心？

父亲很温和地问她：奶奶很想见你，你和我一起去看看她，好吗？

可珍冲着父亲愤怒地大喊：我不去！

报纸和课本，还有大街小巷的广播和高音喇叭，它们有理有据地要全国人民和阶级敌人斗争。它们的声音覆盖中国的每一个角落，威摄力是那么强大，人民都选择相信它们。可是，可珍不知道自己是属于人民还是属于敌人。

在宿舍，出身好的同学不愿和她睡在一起，在食堂，出身好的同学不愿和她同桌吃饭。课间休息，她坐在坐位上沉默无语。只有上课时，她精神抖擞全神贯注，作业时力求工整正确。考试后，除了政治，每一门都是全班第一。第一又怎么样？老师不会表扬她。有一次老师要大家写命题作文《窗外》，教室左边窗外是花坛，右边窗外是操场，对于课间休息只坐在座位上看窗外的她，看到太多的风景，于是她洋洋洒洒写了几页。她的语文老师在作文后面写：小资情调。

好在学生手册的成绩不能更改，她最低的成绩都有 90 分。

可珍越来越不爱说话，师范学校的图书馆书特别多，只要有借书证可以随便借，明雪阿姨给了她一张借书证，每星期她都借一本书去学校看。有一次她偷偷在课桌里读但丁的诗歌《地狱篇》，看到在地狱里备受折磨的人都罪有应得，而自己是那么无辜，却生活在地狱中，不知不觉流下眼泪，结果被老师发现，那本书被没收了。

她也越来越不喜欢柳旭，他目空一切，好像自己天生是个政治家，总喜欢与人辩论。石峻对她很宽容，但他已上高中，她不能像小时一样，和他玩到一块。石柔则是集全家宠爱于一身，特别会撒娇。可琪太小，是父亲的宝贝。

渐渐地，可珍爱上了黑暗，爱上了孤独，爱上飘零的落叶，爱上河边的凉风，爱上寒冷和冰雪。

　　她在自己的房间里，关上灯，静静遐思。有时她会思念小昶，小昶和俞竹阿姨住在乡间的学校里，他们要到假期才能见面。距离的美，思念的痛让可珍认为小昶是她最好的朋友。偶尔他们也写一两次信，可珍的信总是很长很长，邮寄时要贴上两张邮票。小昶的回信很短，一般是告诉她，他逮着了一只松鼠或一只刺猬，有一次告诉她，他逮到一只脸盆大的山龟，后来又把山龟放了。

　　可珍把小昶当成最好的朋友，真正的原因是：柳旭、石峻兄妹是红五类，她和小昶是黑七类。黑七类子女是这个时代的弃儿，共同的命运让他们同病相怜，只是她还没有意识到。

　　可珍在孤独，压抑，幻想中，在爱与仇恨的撕裂中成长⋯⋯

二十八

柳碧莹听到刘昆老婆去世的消息欣喜若狂，她庆幸这一天来得这么及时，正当刘昆特别迷恋她的时候，他老婆死了。

他们的爱情很快就可以浮出水面，刘昆想跑都来不及。

可是，命运给柳碧莹开了一个天大的玩笑。刘昆被送到农村去搞四清运动，那是对犯错误的干部的处罚形式。而她也被组织怀疑，对她进行最为严格的审查。

柳碧莹成了刘市长的情妇，几年来，他们秘密的关系只被怀疑而从未被证实。

暑假，柳碧莹把小旭安排好，刘昆也请了探亲假，他们偷偷去了庐山，用假的结婚证住进别墅，在那里度过她一生中最奢侈最浪漫的时光。

那是多么令人消魂和让她久久回味的日子。她和刘昆沉醉在情欲里，长久而热烈的接吻，赤裸着身体相互爱抚，然后尽情做爱，直到每一块肌肉都得到满足。身心放松躺在情侣身上，看着白云从这边的窗口飘进来，再从那边窗口飘出去，那感觉就像自己飘在云端里，那么快乐，那么惬意，那么令人陶醉。没有人会打扰他们，最让他们感到幸福的就是没有人来干扰，他们巧妙地瞒过所有人的眼睛。

在以往，当他们饥饿的肌肤粘在一起难舍难分时，总是有一份担心在妨碍着他们，稍有一点声响便胆战心惊。有时一见面就恨不得立即就滚到一起，可是因为别人的一个眼神就吓得离得远远的。最多的时候是装腔作势好像正在决策重大问题，其实只是为了一个接吻。每一次约会都要费尽心思，每一次交欢都是用身家性命换来的，柳碧莹恨透了这种见不得人的偷欢。

她对那个男人说：求求你，离婚吧。男人说：你说过只要我爱你，你不计较名份。柳说：这不是名份不名份，而是暗无天日。你知道的，我只想和你一道上街，一同逛商店，一起看电影，正大光明的和你睡在一张床上，我要做你名正言顺的老婆。男人说：你再给我点时间，等我再升一级就是部级干部，我会离婚的。柳说：我都等了五年了，难道要我等到头发白了？

几乎每一次见面他们都要发生这样的争吵，情欲就在渴望与失望，冲动与压抑的反复煎熬中走向极端，虽然是在抓紧时间拼命做爱，那短暂的交欢，她竟从没感到满足过。

柳碧莹想不明白的是：以前和胡佐在一起时，为了自己的身心愉悦随时随地都可以使唤他。她总有那么多的条件和要求，胡佐懂得她的每一个眼神，每一个动作，为了讨她的欢心，整天为她干这干那，家务事从不让她沾手，还要给她做她爱吃的。可她就想折腾他，故意不让他满足，多少次正当他激情喷发时，她就故意折腾，命令他去为自己做一件微不足道的小事。胡佐总是那么宠她，满足她。现在想起来夫妻还是原配的好，经过磨合后，那种默契是别的男人不可替代的。

刘昆从不过问她的日常生活，他们之间的关系是赤裸裸的肉体和权力的交换关系。她把这种关系维持下来就是要做市长夫人。

从庐山回来，市委书记把刘昆召唤去，仔细询问他探亲的情景。这种假惺惺的关心在上下级之间平常得很，刘昆只当是例行公事，便绘声绘色地讲起探亲的种种趣事，还说自己把探亲作为一次社会调查，调查报告会很交给党委。书记听完他的汇报后，一言不发的递给他三份电报，电报是儿子从老家发过来的，内容都一样：母亡、速归。

书记说：组织上已经将你的妻子安葬了。几年来你没给她寄过一分钱，她为了省下粮食给儿女们吃，饿死了。你和柳碧莹的关系组织上已经调查清楚，你等着组织的处分吧。

柳碧莹懒洋洋地从床上爬起来，呆呆地望着那只想从纱窗撞出去的苍蝇，当她看到那只苍蝇无论如何也撞不出纱窗时，不由叹了一口气。

庐山的疯狂的日子昨夜又在她的梦境里重现，醒过来身子底下滑溜溜，冰凉冰凉的湿了一大片，肌肤里有千万条虫子在蠕动，浑身又冷又痒，万般痛苦。她用双手使劲搓自己的乳房，直到皮肤发痛。自从和胡佐离婚，她一直在熊熊燃烧的欲火里煎熬着，像饥饿的人渴望得到食物一样，柳碧莹渴望得到男人的爱抚。

她愣了好久才开始穿衣服，每穿一件总要愣怔半天才穿另一件，就在起床穿衣的这道程序中，胡佐和刘昆给过她的种种满足历历在目，那时她要在男人身上厮磨好久才肯起床，那期间又有多少男欢女爱的举动。

二十九

　　广阔明亮的天空被窗户的一层薄纱挡住了，屋子里有些阴暗，无法判断出准确的时间。对柳碧莹来说，时间已经不重要了，她被撤职，等候组织安排，所有的时间都掌控在自己的手中。

　　无聊的柳碧莹慢慢踱到后院，她难得去后院的教室，那天她去了，而且被那悦耳的富有磁性的声音吸引住。

　　柳碧莹看到了孟至诚的另一番人生。站在讲台上，孟至诚生龙活虎，精力充沛，口若悬河，滔滔不绝，旁征博引，幽默风趣。他用粉笔将行云流水般的字体书写在黑板上时，学生发出由衷的赞叹。他是那么整洁，下巴刮得精光，衣领没有一丝污垢，指甲修得干干净净。

　　柳碧莹越看越觉得孟至诚无比英俊，他的开阔饱满的额头有着别样深沉的智慧，消瘦的面孔上写着丰富的人生阅历，柔和的目光蕴含着对莘莘学子的殷切期望，迷人的笑容犹如三月里和煦的阳光，温文尔雅的风度整洁合时的衣着无不透出知识分子的非凡魅力。

　　她心里在问：孟至诚是什么时候到学校来的？怎么像影子般藏在人的身后，他能看见别人，却不引人注目。在讲台上，他怎么这么有魅力。孟至诚不是在教生物学吗，为什么又在教教材分析呢？以他深厚的文学功底，可以教语文，历史，政治。最好的是教心理学，他会对人的心理做出很多善意的解释，会将爱心灌输在学生的心里。他是那种被人卖了，还会帮着数钱的人。

　　孟至诚是否具有二重性格？柳碧莹在思索：他外表冷漠，内心热烈，聪明到狡猾，善良到愚蠢。别看平日他那一付半死不活的表情，内心一定有着各式各样的渴求，身体一定被欲火燃烧着，他曾经有过非常幸福的家庭，又怎么忘得了女人给予的肉体上的快乐？柳碧莹想到男女交欢就禁不住眉飞色舞，一个二重性格的人是有弱点的，作为男人的他，不会拒绝美女的勾引，何况是我，一个漂亮的性感的女校长，有权与性的双重诱惑。她用眼睛扫过自己高高挺起的乳房，然后转身站立在巨型的马达加斯加芭蕉旁边。孟至诚的冷漠只是他装出来的表象，她继续想着。

下课铃声响了，学生们舍不得离开教室。有学生说：听孟老师讲课真的是一大享受，如饮美酒，甘甜、陶醉；有的学生说：其它教师也讲过教材分析，但上完课就不记得了，只有孟老师讲的课被自己牢牢记住了。

这几年，师范招收的是清一色的红五类子弟，教室的前面都写着斗大的"千万不要忘记阶级斗争！"标语。屁大的事都可以上升至阶级斗争，学生们整起老师来毫不留情。

至诚在学生面前特别谦逊谨慎，别看他站在讲台上显得潇洒自如，其实每一天他都是如履薄冰。现在的学生不单纯，只要说错一句，不惜置老师于死地，一点都不手软。

他对那些舍不得走的学生说：谢谢同学们，我还有课，先走一步。

柳碧莹用眼睛的余光看孟至诚走出自己视野，她忽然想起很久很久以前，她的心里曾有过他。

见至诚走远，柳碧莹也回到绿苑。

柳碧莹推开院门，看见至诚从墙那边的屋子里出来。

难道孟至诚就住在杂物屋？与我只有一墙之隔，哪天在墙上开一道门，就是一家人。真是太有缘了，柳碧莹喜出望外。

三十

　　自从馨兰去世后，至诚就像生活在漫漫冬季。长期以来所负载的贫穷、歧视、劳累、悲伤，使一直文静安详的至诚能在瞬间爆发怒吼，几近疯狂。就像手头拮据的人面对债权人的不停的索要，心头的烦躁立马化成了对生活的愤怒。经过长期的跋涉，他的心已疲惫。可可常常听到他不经意的长叹，这是他的心在呻吟。最大的伤痛还是他形只影单，心里的苦楚无人诉说。看到父亲，可可就想起"孤雁南飞"这个词来。他说他已心如死灰，可可为此感到难过。

　　住进师范后，至诚有空就坐在馨兰的坟墓旁，用手轻轻抚摸着坟头，把自己的爱情与温存传递给安息在下面的妻子。每当至诚感到孤独与苦闷时，他都会这样。有时，他会喃喃自语：馨兰，你也感到孤独吗？地狱里冰冷吗？你也许不在地狱而在天堂，那就在天堂里为我和儿女们祈祷吧。

　　中国人从六十年代起，养成开会的恶习。第二师范星期一晚上老师们例会。星期二晚上学习文件。星期三晚上小组讨论。星期四晚上交流心得体会。星期五晚上自我检查，星期六晚上斗私批修，星期日晚上大总结，表彰积极分子。学习毛主席著作和背诵毛主席语录贯穿在每天的学习当中。老师们不是上课就是开会，完全没有自己的生活空间。这是柳碧莹这五、六年来，为老师们构筑的人生。

　　每周有三个下午，各教研室召开教学会议，由教研组长检查老师的教案。今天下午不知为什么柳碧莹来了。她看过至诚的教案本后，对他说：孟老师，你的教案我拿走了，晚上到我家来取。这事让至诚感到惶惑不安。组织上还没安排柳碧莹的工作，她凭什么拿走他的教案？这个吃人不吐骨头的女妖，难道又来害他？

129

他只是个代课老师，在学校没有话语权，眼睁睁的看着柳碧莹把他的教案拿走。

傍晚，至诚来到馨兰的墓旁，他很苦闷，也很伤感。

远处的地平线清晰、柔和、平静，脚下的塘堰里，莲花已经凋谢，莲蓬刚刚成熟，莲叶开始枯萎。风轻轻吹过，带来一阵秋日的悲凉。

至诚脑海里翻腾着柳碧莹淫荡的眼睛，时间并没冲淡他对她的仇恨与鄙视，过去的那些耻辱与迫害，统统在他心中复活，并比从前更加强烈，她对他的伤害实在太深了。他常常想起她就恨，恨不得啖她的肉。

他对馨兰说：馨兰啊，我们的敌人的又来害我了，请你帮帮我，给我力量吧。

暮色渐渐降临，至诚不得不离开馨兰的坟墓去绿苑。

至诚从不去绿苑，每每看到翻过绿苑墙头的芭蕉叶就感到惆怅。他心里牵挂着胡佐，不知这位老朋友过得怎样。

绿苑门前的柳树在炼钢时砍掉了，清澈的池塘也变成了臭水塘，人们不愿在这里逗留，渐渐变得偏僻冷清。

至诚走进绿苑恍若隔世，快十年了，这十年里他经历了身心皆碎的漫漫旅程。

柳碧莹的门打开着，他轻轻走进去，看到他的教案本也打开着。柳碧莹坐在案前，招呼他坐在她身边。她说：你的教案里一句关于阶级斗争的话都没有，这说明在你的大脑里没有阶级斗争的概念，这样的教案被上级看到了，你说说，会有什么后果？

至诚从不看别人的教案，厚生也从没就此提醒过他，但在以阶级斗争为纲的时代，说这是个错误也无法否认。

柳碧莹以居高临下的口气说：还有石厚生，他居然在政治教研室说什么"在学生的政治课本里，如果只有无产阶级专政的理论，而缺乏对人类关怀的教育，将来的社会只是一个暴力的社会"。这真是赤裸裸的反革命言论。政治教研组的老师早就反映到了我这儿。他现在只是代理校长，我们之间还有长期的争夺战。我知道你很不容易，不想在老师面前指责你，你就在这儿修改吧。

柳碧莹退开了，至诚没看她究竟去了哪里，他被阶级斗争这几个字吓傻了。

忽然，一股香香甜甜的气味扑鼻而来，至诚抬眼一看，柳碧莹一丝不挂站在他身边，两只肥硕的乳房上有两块黑色的东西在晃荡，他没有多想更不愿多看便把头转过去说：请柳校长尊重自己。

柳碧莹说：我等你已经太久了，我们亲密一会儿吧。她抱着他的头要强吻他。他猛地的挣脱她的拥抱，冲出门外。

那几天，至诚的心"突突"跳，眼里总晃动着那两块黑色的东西，难道那是柳碧莹乳房上溃烂的伤口？

至诚不知道这件事该不该告诉厚生，后来他决定不告诉任何人，因为最终解决他与柳碧莹之间的仇恨的不是别人而是自己。她居然色胆包天，敢来勾引自己，这只会加速她的死亡。至诚的苦涩而软弱的心里泛起一丝勇气。

周末，学生们放假，学校比平时安静。可可刚刚回到家，小旭就冲了进来，他说：可珍，妈妈告诉我，她要去地区教育局状告石校长，他聘用一个没有改造好的右派分子到学校教书，这是阶级斗争新动向。尤其是石校长，还是党员，一点阶级觉悟都没有。妈妈明天就去地委书记那儿反映情况，她已拿到石校长和右派分子的反革命证据。她说她要用这批证据将石校长整死。可儿，我妈妈说的右派分子不会是你爸吧？

至诚一直十分专注的听小旭说话，眼睛越睁越大，心里在骂：这个女魔头竟一箭双雕。略微思考后对小旭说：你回去告诉你妈妈，说我有一份珍贵的礼物送给她，要她今晚就拿去。去吧，好孩子。

小旭刚刚离开，至诚立即洗澡更衣，他要去会会柳碧莹，反正这个女魔头不死，他永无翻身之日。

过了一阵柳碧莹果然来了，听可可说父亲还躺在床上，立即像蛇一般闪了进去。

那天半夜，可可被一阵哼哼声唤醒，像猫又不是猫，是特别的快乐的呻吟，从父亲卧室传了出来。

至诚的屋子里没有亮灯，月光从窗户透过来照在床上。柳碧莹看见至诚赤裸的身子，立刻三把两把脱光衣服钻进被窝。至诚让她躺在身边，手指滑过柳碧莹的光洁的额头，笔直的鼻梁，精致的嘴唇，尖削的下巴，圆润的脖子，深深的乳沟，下凹的腹部，停留在大腿中间。

柳双手搂住至诚的头，浑身抖动说：快点，我受不了啦！

至诚挣脱她的拥抱，坐了起来，眼睛停顿在乳房上，用指头点着乳峰问：这里好了？

柳说：你说什么？

至诚说：上回看见时它黑黑的，涂满药水。

柳碧莹说：不是药水，是巧克力，我本来要让你舔干净，那感觉比舔这里更舒服。她指着两腿之间，把至诚的头按下埋了进去，愉快地呻吟起来。

至诚挣扎着坐起来，之前，他想过好多好多，他想一定要跟她睡觉才能将她诱进圈套，还要对她进行虐待，才能解恨。可是仇恨让他无法勃起来。

至诚懊恼地仰身躺下，柳碧莹立即伏向至诚的大腿根部，吐出长长的舌头舔大腿根部的东西，那柔软温润的感觉让那东西渐渐立了起来，越来越长，她坐上去，将那东西插进她身体里，她疯狂地扭动并抓住至诚的手，用他的手用力揉自己的乳房，发出猫一般的叫声。过了好久才软绵绵地倒下，紧紧拥着至诚，让至诚压住她的全身，说：我还要啊！

至诚这时找到了感觉，他的身体底下不就是一个娼妓一般的女人吗？一个被他恨着的女人，这恨压抑得太久了也需要发泄。他疯狂的咬柳碧莹的脸和肩，柳碧莹用力推开他。但就在柳碧莹用力扭动的这一瞬，几年来他那被压制着的欲火也熊熊燃烧起来，他凶猛地扑向柳碧莹，疯狂地发泄，这一晚他搞得大汗淋漓，最后瘫在柳碧莹身边，他听见柳碧莹在说：我爱你，爱死你的这杆长枪，不久昏沉沉地睡着了。

至诚悄悄起来把柳碧莹的衣服一件件折好，起初他想把衣服锁进衣柜，又觉得肮脏，于是丢到床底下。

天快亮了，至诚把柳碧莹摇醒，说：你该走了。

柳碧莹找不到衣服，问：我的衣服呢？

至诚厉声说：你要穿衣服干嘛，光着身子从这儿出去！

柳碧莹伏在至诚肩头撒娇：帮我把衣服穿上嘛。

至诚说：笑话！这衣服我一定要交给校党委，明天学校就会少一个女校长，多一个女流氓。

柳碧莹这才明白过来，说：你这个流氓睡了我又来害我，平时装得挺老实的，看不出来呀！

至诚说：我是被你逼的啊，天一亮你就要去害厚生，我不得不委身于你，诱你上当，俗话说菜虫菜下死。你这么好色，也就死定了。

柳碧莹说：求你把衣服给我，天亮了我快出不去了。

至诚说：是啊，乱搞两性关系是什么性质，你比我更清楚，你还想要党票吗？

柳碧莹说：全明白了，你我订下君子协定，我从今以后决不害任何人，你也决不能把今晚的事告诉给任何人，这个协定对你我都很公平。其实我是真心爱你的，我爱你已久，你心里是明白。

至诚的声音突然变得柔和了，他说：外衣我可以给你，但内衣内裤我要保存它，你什么时候加害我们这几个人，我什么时候将此事公布出去，假若你能讲话算数，今晚的事只会烂在我的肚子里。我是学生物的，知道怎么保管你的基因。

至诚从床下踢出柳的衣服，把柳的内衣裤锁进衣柜。气得瑟瑟发抖的柳碧莹飞快地穿好衣服，至诚打开门让她走，她突然转过身，踮起脚吻了至诚一下，说：算你厉害，咱们后会有期。柳碧莹低着头缩着脖子走了。

至诚长长吐一口气，浑身无力地坐在床沿上发呆。自从馨兰死后，他以为他的情欲也跟着死了，再也不会苏醒过来。谁知它们在昨夜醒过来了，是被他一直仇恨的女人唤醒的，而且生机勃勃，多么令人悲哀！他走到书桌前打开抽屉，那里面有一条麻绳和一把刀子，他本想把柳碧莹绑起来，再割下她一小块肉，但是真的机会来了，他却不敢做了。他把麻绳和刀子收藏好。

虽然这是他定下的美男计，他还是恨自己，怎么能让仇恨与性爱交织在一起了呢，输掉了自己的人格。但是把它看成是一桩交易，自己还是赢了一半。

对于柳碧莹来说，孟至诚这个看起来怯弱胆小，没有地位，很爱面子，又酸又穷的男人。他竟敢设计威胁她，的确大大出于她的意料之外。但是，昨晚的折腾让她感到满足，感到欣喜，尽管下体有点疼痛，那是一种很过瘾的疼，让她万分留恋。她知道，有了这一次，以后就会欲罢不能。

孟至诚健康单纯，英俊且有很强的性欲，最可取的是没有老婆。这样的男人作为性伴侣是可遇而不可求的。

色胆包天的柳碧莹常常找机会与至诚见面，至诚千方百计躲避着她。这很刺激她的征服欲。她想，过去为了攀附权势，她总是费尽心思去征服男人。她收获了男人的爱，但没有收获过满意，胡佐离开了她，刘昆让她身败名裂。本来她已看破红尘，不在乎男人爱不爱她，就算玩玩，也不能亏着自己。命运好像故意作弄她，不愿意屈服她的至诚，竟懂她肢体的每一句语言，是她寻找了很久很久的，一旦找到就再也不愿放手的如意郎君。

她知道搏击势均力敌才够刺激。如今，他们生活在不同的层次，她像是一个强大的猎人，而至诚只是一只弱小的猎物，她可以把他玩弄在股掌之中，但这不是她想要的至诚。她要的至诚是和她一样强大和骄傲的。想到这里，柳碧莹不由叹了一口气：命运之神曾给她一个机会让她掌握别人的命运，于是她把很多优秀的人变得很卑贱。可惜权力的宝座没有永远属于她，即使如此，凡她爱过的男人都是男人中出类拔萃的，她才是一个永不言败的女神。

那天夜里，可可又听见那快乐的呻吟，她敢断定那是柳碧莹的声音。她和父亲的房子只隔着一层薄薄的木板，好奇心驱使她去偷看，这才发现所有的缝隙都被大大的纸板封住了。

可可并不反对父亲娶继母，但继母不能是柳碧莹。

三十一

晚上，厚生和至诚一边下棋一边聊天，厚生问：至诚，柳碧莹是不是常来找你？

至诚说：偶尔。

厚生说：她是个什么样的女人，你心里应该清楚。

至诚说：女人嘛，穿上衣服千姿百态，脱光衣服还不都是雌性物种。

厚生说：你指的是性别，我指的是人品。要不是刘昆被撤职，她差点儿做了市长夫人，厉害！

至诚说：我不是市长，我身上没有她追求的利益。

厚生说：别忘了你是个鳏夫，全校只有你一个，是稀有物种。

至诚说：可是，我已心如死灰。

厚生说：人只要还活着，要做到心如死灰是不可能的。但是，你要弄清楚你的妻子是被她害死的，你的家几乎被她毁掉。你难道忘记了那些被屈死的人，是如何咽下最后一口气的？

至诚低下头，眼里饱含泪水，不看厚生。

厚生吼起来：孟至诚看着我！

至诚转过身去，背对着厚生。

厚生说：至诚呀，这些天，我一直在心里哭泣。我哭你，也哭馨兰，我想你一个这么清高的人，为什么会和柳碧莹这条毒蛇纠缠在一起，这不是自毁清白吗？

至诚说：我有我的为人处世的原则，请你不要严苛我。

厚生说：说出来让我听听。

至诚无语。

厚生说：我一定要和你绝交，你等着。

厚生匆匆回到家里，拿来一支自来水笔，说：这是你送给我的派克金笔，现在还给你，我俩从此一刀两断。

厚生"啪"的把金笔折成两段，狠狠扔在至诚身上，含着泪走了。

厚生哪里知道，对至诚而言柳碧莹是一堵痛苦的墙，每往前走一步都要头破血流。柳碧莹也是一部性爱百科全书，只要享受过她，就会迷恋住她。

他不能让她亵渎他与馨兰童话般纯洁的爱情，她却花样多多，诱惑他，拥抱他。他以为上次是一场交易，不为下例。让他又惊异，又伤心，又气恼的是她总是死缠着要和他睡觉，她躺在他的床上不肯下来。他拿出麻绳把绑住，她用力撞墙要死在他的家里。她撒泼说：我要让你知道，一个一丝不挂的女人死在家里会是什么后果？见至诚不管不顾，她又哀求他放过她，说她会回去的。没办法了，他解开她的麻绳让她回去。第二天她又来了，她自己带来一把刀，要至诚杀死她，或者让她杀死自己。可珍住校了，自己一人在家，男女之间出了人命，又怎么说得清楚。没有办法甩开她，至诚感到诚惶诚恐，只好整夜端坐在外面的房子里。整夜整夜的不睡又能坚持多久？至诚总有睡着的时候。

孟至诚不得不想出一个残忍的计划，让柳碧莹掉进他设置的陷阱，摔下去就再也起不来。

到了那一天，厚生才能理解他。

晚饭后，至诚总是去看妈妈，大多数的日子，都是母子俩人闷闷地呆在家里，很少说话，有时一直呆到深夜。

今晚，至诚只坐了一会就准备走。孟母叹着气说：诚儿呀，女人三十如狼四十如虎，柳碧莹正是如狼似虎之年，你何苦去招惹她呀！

至诚说：妈，柳碧莹要害的人是厚生，厚生要是有个一差二错，石峻就毁了，峻儿今年正考大学呀。不能让柳碧莹毁掉石峻啊。妈，我的苦衷无处诉说，连厚生都不能说。孟母说：难道厚生看不出来？至诚说：妈妈，柳碧莹已经承诺不再害《紫苑》的人。说起柳碧莹，我心里很乱，您老早点去睡吧。

　　至诚的头垂到胸前，他不知道妈妈是否相信他，也不知自己的计划能否成功。总之，他从来没有如此矛盾过。

三十二

　　杂物房原本是一片花圃，种植着许多的名贵月季。因为花花草草与资产阶级生活方式划上了等号，以后就成了一块荒地。校务处就在那块荒地上搭起两间屋子，它前面是菜地，后面是大江，围墙也就成了杂物房的后墙。为了采光，围墙上安装了一个很大的窗户。

　　此刻，至诚伏在窗台上，他看到远处黛青色的起伏的山峦和地平线上的霞光，资江像一匹野马从大山深处腾空而出，蜿蜒朝他奔来，两岸的风光犹如一条迂回曲折的画廊，尽收眼底。窗下青灰色的悬崖直插江心，悬崖上危石林立。围墙外有一条两尺宽的小路，它被芦苇掩蔽着。紫苑和绿苑外各有一块约二十平米的平台，原来修筑了炮台，后来炮台被夷为平地，现在它们像一对犄角，在小路的两端遥相呼应。小路的中间是学校的后门，由于经年失修，有一边门板已经躺在地上腐烂了，后门就像一张缺了牙的大嘴，丑陋的张开着。更为惊险的是，靠近后门有一个巨大的铁桩，铁桩上拴着一条又粗又长的铁链直通江底，这是人们用来逃生的通道。此时，铁链已经锈迹斑斑的堆放在铁桩的旁边。

　　至诚喜欢从围墙的后门看起，眼睛沿着小路到看到窗下，再从窗下看到悬崖，从悬崖看到江心。有几次他踏在椅子上从窗台翻出去，沿着小路走到后门，停了一小会又从原路折回来。

　　有月亮有晚上，至诚特别喜欢看月亮恬静地穿过薄而亮的云层，撒下月光，当月光映在江面上，就像一大片碎银在晃动，江对岸农舍里透出的灯光犹如萤火闪亮，月色如水，夜色宁静而美丽。他看的仍然是后门、小路、悬崖，江水，即使他的眼睛盯在江面上，他看到的是水而不是月亮的倒影。大多时候他的目光是恐惧的，让人猜不透。

那年夏天，石峻被北大的历史系录取。在这个小城里能被北大录取的学生太少了，教育局敲锣打鼓将通知书送到紫苑。

由于城市在不断扩建，第二师范附近有了商店和工厂，又多了一条水泥马路从市区延伸到学校的另一头。车辆来来往往，昔日的世外桃源已如飘然的蝴蝶在不知不觉中飞走。本来如幽谷美人的荷花也被尘埃污染，只有清晨才是它一日中最洁净最美丽的时候。

可可最喜欢在清晨看荷花，尤其是荷叶上满是露珠，荷花婷婷而立，晨风轻轻吹拂，满池荷花随风起舞，露珠儿纷纷坠落的时候，那份神韵令她无限伤感，她会不由自主地将目光投向母亲的坟墓。

有的时候小旭也来了，他会说：可儿，你站在荷花旁边时，比荷花更好看，我没有看花光看着你，我妈妈常说你是绝色美女。

可可感激地看了他一眼。

小旭说：可儿，你常为没有妈妈难过，是吗？可可点点头，心里一阵痛。小旭说：我也常为我没有爸爸难过，我们应该同病相怜。

可可说：你说得对，无论是父爱还是母爱对我们的心理都有着太大的影响，当我看到周围的小朋友，得到妈妈无微不至的关怀时，就会伤心掉泪。

小旭说：我也这样。所以，我常常把孟叔叔当成爸爸，把可琪当成我的亲弟弟。可儿，不知为什么，我特别心痛可琪，想到他一岁就没有妈妈，心里真的很难过。

小旭的话让可可特别感动。她心里不由自主的想起小昶，她和小昶不仅自幼丧母，还是黑七类子女，一样的受到不公平的社会歧视，一样的自卑自怜，他们心灵的共鸣是相互听得到的，而小昶从没说过让可可感动的话。

晚上，小旭哭着奔进可珍家。

"可儿，我妈妈要离开我了。"他说。

可可问：她要去哪里？

柳旭说：我妈妈要到很远很远的农村去搞四清运动，而且要去很久。

可可心里说我还当你妈死了哩，她死了才好。

她问至诚：爸，什么是四清运动？

至诚说：四清就是清政治，清经济，清组织，清思想，是阶级斗争的一部分。至诚回答后，用眼角瞟着柳旭。

可可知道，父亲在轻视别人时总用这种眼光，但是他有必要轻视小旭吗？小旭把他当成爸爸！

小旭接着说：我妈妈要我把毛主席著作一至四卷读到能背，她说石峻就是因为能将毛主席的书倒背如流才考上北大的。

可可问爸爸是不是这样？父亲说：不完全是，石峻的考分是全省第一，又是红五类子女，所以北大非他莫属。

可可说：我的一个出身很好的同学因为能背所有的毛主席语录，成了全市学习毛主席著作积极分子，我们学校也跟着出了名。要是柳旭也这样，能成为学习毛主席著作积极分子吗？能考上北大吗？

父亲说：难说。

那天晚上柳碧莹又来了，可可虽然没有听到什么动静，但她感觉到柳碧莹的气息在空气中悉悉流动。

柳碧莹得知，她最后的处分是派她去"四清"工作队。那一瞬，就开始心乱如麻。第一，她可能会离开第二师范；第二，她的校长职务已被撤销了。

柳碧莹立刻想到她政治上的敌人石厚生。

她问至诚：我被撤职了，可能会被调出第二师范，你还愿意和我结婚吗？

至诚说：为什么要结婚，这样不是挺好。

柳说：没有一张结婚证书就是乱搞男女关系，轻者蒙羞受辱，失去荣誉，重者会被送去劳动教养，你就不怕再一次坐牢？

至诚停了一会，说：等你回来再说吧。

柳碧莹说：最好是让我在"四清"时，爱上一个比石厚生权力大上一倍的男人。那时，我就有了坚强的后盾，我会把石厚生打翻在地，让他永世不得翻身。这一个回合他赢了，如他所愿，又当上书记兼校长。

至诚说：比另外调来校长要好。

柳说：你就等着他把你整死吧。

至诚说：我不相信他会这么做。

柳碧莹说：你就这么相信他？我告诉你，反右时，好多的材料都是他提供给我的，把谁打成右派也是我们一起决定的，信不信由你。我走后，把旭儿托付给你，你要帮我照顾好儿子，他才是我的全部。

至诚说：我知道。

柳碧莹感慨说：有很多男人对女人的感情远胜过对儿女的感情，女人却不会这样，你呢？

至诚说：我和你一样。

柳碧莹冷笑一声：我不准你这样。她拉过至诚，让他拥抱自己，说：喂，至诚同志不要对我若即若离，我不会放过你的，你最好把我当成你的唯一。

至诚完全没有兴趣，黑暗中他看见厚生匕首一样的目光。他推开柳碧莹，陷入沉思。

没有比私生活更能看出人的品格，厚生一直这么认为。反右时，他为了自保为柳碧莹提供过材料，他的上级、战友都是这么做的，用他们的话来说利害大过是非，正因此，他从不认为自己是个纯洁的好人。在他一生中，始终不能忘记馨兰为他仗义执言，不能忘记柳碧莹对馨兰的迫害，忘记就意味着对馨兰的友谊的背叛。因此，他恨至诚，他想即使柳碧莹比馨兰更爱至诚，至诚也不能做出对不起馨兰的事，假若他爱柳碧莹，那更是对馨兰的背叛。

后来，厚生渐渐发现，每当柳碧莹来过以后，至诚总会去馨兰的墓地，会在那里坐上很久，回来时，眼里闪出好像要杀人一般的凶光，这是多么的不寻常！男人天性渴求爱，终身为爱而饥渴。在这一点上他很同情至诚，因为爱也是至诚生命里的要求。尽管如此，他内心里还是看不起至诚，认为那一份清高和孤傲全是做作出来的，不是骨子里就有的。如今仔细想想，天下的女人何其多，至诚为什么偏偏选择柳碧莹？至诚肯定另有隐情，原来以为他堕落了，现在又担心他不顾一切走上毁灭之路。

厚生觉得他和至诚就像两个硬被拆散的兄弟，隔着的是柳碧莹这个魔鬼一般的障碍。只有让柳碧莹远离至诚，才能拯救至诚。于是他调动所有的关系让柳碧莹去四清工作队，虽说是临时抽调，能不能回来还不知道。

厚生重新坐进校长办公室，虽然他不会刻意去追逐权力，但是权力在自己手里总比在别人手里好。自古有权好办事，只有站在权力的高位，才能施展个人的远大抱负。这间办公室虽然阔别好久，但对他来说一切驾轻就熟，非常得心应手。为了让工作更细致，需要一个助手，他立刻想到明雪，只有明雪才会对他的所有想法心领神会。

对于至诚，厚生认为精神的沟通用不着语言，只要两人相互理解和信任就行。虽然今天的至诚不是昨天的至诚，已经好久没有向他敞开心扉。

因为工作需要，至诚走进校长办公室，他看到了厚生那久违的宽厚的微笑。在至诚眼里，那是一种出于怜悯的宽厚，他能接受厚生高尚心胸发出的召唤，但不能接受他的怜悯。

至诚常常下完课就回到家里，家就是他的避风港湾。今日刚推开家门，尾随他进来的竟是柳碧莹。

柳碧莹的皮肤晒成了紫铜的颜色，浑身洋溢着粗糙的健康。

至诚，我回来了，你没有想到吧。她说。

至诚摇摇头又点点头。为了能回到你身边，我想尽办法，实话告诉你，损失是惨重的，我现在是后勤部的职员，再也没有机会站在二师的舞台上发号施令了。

至诚说：能保住公职就好。

柳碧莹兴灾乐祸地说：刘昆更惨，直接开到农村去了。他把责任全推给我，我也把责任全推给他。我等了他五年，他非要等升官，现在好了，他有老婆，我没丈夫，上级认为过错方是他。

接下来，柳碧莹风一般赴进至诚的怀里，至诚故意把手背过去，但她还是深深地吻他，如痴如狂非常的陶醉。柳碧莹说：抱抱我吧，把我抱在你的怀里，我宁愿死，也不想离开你。

至诚说：现在不行，可可很快就会回来，你还是先离开，我们晚上再见面。

柳说：不要用你女儿来搪塞我，她是知道的，而且你是可以娶我的，我怕她什么呀！

至诚说：家有家规，你不怕我怕。你刚回来，还是不要被人看见才好。晚上你从后门过来。

至诚拥着她走到窗前，指着围墙外的小路说：今晚，你从后门进来，沿着围墙走到窗下，我会把椅子放在这儿。当你从窗台上跳下来，我就紧紧把你抱住，吻你爱你，满足你，行吗？

柳碧莹看了看，说，白天还好，晚上很危险的。小路上那么多的芦苇，一脚踏空我就会掉进江里喂鱼。

至诚说：这也是为了我们的未来，从长计议。

记住，以后每个晚上都只能从窗台上进来。

柳碧莹说：至诚呀，无论那个男人都是跪下来求我，我才肯跟他上床。只有你是我的克星，在你面前我怎么就变得如此卑微，傲慢不起来，难道是我上辈子欠你的？。

至诚说：你要是害怕了就别来。

柳说：我害怕？这世上除了共产党，我还真不怕什么，你等我，我一定如期而至。

哎——，柳碧莹临走时叹口气，说：在爱情游戏里有这么一群人，他们不会主动追求异性，当异性扑进自己怀抱时，他们不但不会推开，相反会沉缅在爱河欲海之中，尽情拥抱，接吻，爱抚，交欢，把对方当成自己身体的一部分。当彼此的肉体分离后，便将对方视为路人，说他们是玩弄感情也好，是为了满足性欲也罢，总之，他们喜欢的是一时的欢娱而不是永久的爱情。至诚，我觉得你就是这种人。

至诚反诘：假如我真的是你说的这种人呢？

柳碧莹抚摸着至诚的脸说：我更喜欢，毫无悬念，我是前世欠你的。

柳碧莹走了，至诚关上了卧室的门。

三十三

这年，春天还刚刚开始，紫藤花就开了，开得特别早特别浓艳。兰草，篁竹，芭蕉，石榴都在开花，开得那么的诡异，让人心里惶惶不安。

春天刚到，各媒体狠批《三家村》，接着破四旧，运动以排山倒海之势，雷霆万钧之力向全国人民扑过来，让人深感在群众运动的伟大威力。这些，只是运动刚刚开始，而绝非目的。五月《人民日报》转载了中共中央的《五一六通知》，轰轰烈烈的文化大革命才真正开始了。八月五日，主席写了《我的第一张大字报——炮打司令部》，原来这才是主席的真正的目的。

任何人都无法把握明天，也无法识别渺小与伟大。这场伟大的运动正是那些自称红色后代的学生与另一位革命领袖的博弈开始，结果学生们把伟大领袖刘少奇打翻在地，再踏上一只脚，让他永世不得翻身。此后，运动被无数个称为"人民"的渺小人物推波助澜而变得波澜壮阔！

厚生站在教学大楼的长廊上，望着乌云翻滚的天，思考着日益严峻的运动。

在中国，知识分子相对集中的地方是学校，学校也就成了中国政治的风向标，运动往往从学校开始，这一次也不例外。长期的政治教育已经剥夺这一代青年自由思想的权利，使这一代人的思维陷入一个盲目崇拜的模式。

既然主席为大字报叫好，那么写大字报就是忠于领袖的革命行动。大字报作为文化大革命的最早的武器在校园里铺天盖射击着敌人。它像打开了"潘多拉的盒子"，让校园里一片喧嚣与混乱。"阶级斗争必须年年讲，月月讲，天天讲。"的虚妄理论转化为学生们的实行践履的狂热。那种"黑云压阵阵欲摧"的架势，使空气中弥漫着人人自危的紧张气息。学生们不再走进课堂，他们捕风捉影，断章取义，甚至无中生有在大字报上攻击谩骂自己的老师，硬把天天和他们相处在一起的老师们，骂成是和邓拓、吴晗、廖沫沙结成一伙的"黑帮分子"。

"黑帮分子"——文化大革命揪出来的第一批阶级敌人，他们中大多数人是出生在剥削阶级家庭和旧社会有那么一丁点关系的老师。

"血统论"如幽灵一般在新中国的天空中飘荡。有红色血统的学生们一个个成了目空一切的政治家。"将无产阶级文化大革命进行到底"成为最时髦的口号。所有的学校都一样，昔日情同父子的师生变成了被害人与凶手；曾经受人尊敬的老师，变成了挨打挨斗、任人践踏的牛鬼蛇神。那些用铜头皮鞭狠狠抽打他们的红卫兵，往往是老师们曾经最喜爱的学生。

厚生经历过很多运动，在他看来那都是成年人被运动。而今天是无知幼稚的学生把学养深厚的老师打倒在地。

他打电话给省城的老领导，向他们请教如何引导好这场运动。答复是：一切按照中央文件办。

晚上，厚生召开全体教师会议。会上他让明雪反复读中央文件，读《我的第一张大字报》。他要老师不要和学生发生冲突，多去看大字报，但不要去写大字报，最好不要介入到运动中去。会议特别沉闷，没有谁发出声音，也看不到一张笑脸，会议厅的每个角落都被惶惑不安的情绪包裹着。十点半钟，厚生宣布散会。

就在那个周末的晚上，一直住校的小旭忽然冲进可可家，他问：你们有谁看见过我的妈妈，知道她在哪里吗？

可可仔细一想，的确有一阵没见到柳碧莹。

柳旭问孟至诚：孟老师，你见到我妈妈吗？

至诚回答：没有。

小旭很疑惑，他说：我妈妈每个周末都在家等候着我，哪怕出去一小会都会给我留下字条，周末的团聚是我和妈妈最重要的时刻，除非她不在这个城市，不然她绝不会不在家啊。

很晚，小旭疑虑重重的回到他的学校去。

第二天他又回家来，仍然不见妈妈。他着急了，去学校办公室询问，厚生说：你妈妈已经有好几天没来办公，学校也在找她，她呀，有事应该向组织汇报，怎么能这么自由主义。

小旭说：我妈妈平时不是这样的，她一定出事了。石校长，我求求你帮我找到妈妈，你要保卫科的叔叔去找，一定要找到她。

那天晚上，学校所有人都要接受保卫科和民警的查询，必须回答的是：你最后的见到柳校长是几日几时几刻，是否发现她的可疑行为。

至诚的回答是：五月十八日晚上十点四十分，是我最后见到她的时候，那天柳碧莹和大家一起离开会议厅，我看她蛮正常的，散会后我直接回到家，以后再没见过她。

很多人都说在那一刻后再也没见过她，民警说可以肯定，柳碧莹是在那天晚上失踪的。

小旭不再上学，他守候在至诚的家里，只要至诚在家，他就说：孟叔叔，我知道你是最后见到我妈妈的人，她一定告诉你，她去那儿了，求求你告诉我。

至诚说：小旭呀，我要是知道一定会告诉你的，你不能逼我啊。

小旭说：孟叔叔，我这么说是有根据的，我妈妈在五月十八日的日记里写了，你约她晚上到你家来，她一定是在你家失踪的。

至诚用低得只有蚊虫大的声音说：我约了她，但她没来。

可可的思绪不由跟随他们的谈话而回忆起五月十八日的那一天。那一天狂风猛刮，暴雨从早下到晚，她放学回家时已经天黑，至诚坐在卧室里，他的脚下有一大堆烟头。父亲平时是不吸烟的，所以可可印象深刻。晚上，她没有闻到柳的气息，但她却听见父亲在怒吼：让她死！让她死！这个"她"难道是柳碧莹？

可可疑惑地看着父亲，父亲的脸色很不好看，但眼里有一种坚强，那是一种对未来很清楚的坚强。

小旭说：孟叔叔，我妈妈其实不是你爱的人，而是你恨的人，是你实实在在的仇人。她做过很多损人利己的事。她走到这个地步，自己也有责任。我读过她所有的日记，知道你们之间的秘密，我不想追究，更不会把妈妈的日记交付他人，我只想知道她最后到底去了哪里？说到这里，小旭哭了。

至诚长长叹息一声，说：这只有上天知道啊！

公安局的刑侦科也介入了调查，没有谁发现柳的可疑行径。绿苑本来还要住下别的人家的，可是大家惧怕柳碧莹，又嫌那儿太冷清，不愿住进去，一直以来是柳碧莹带着儿子住在那儿，小旭住校后，仅住柳碧莹一人，没有谁了解她的生活规律。

柳碧莹的失踪立即和阶级斗争紧紧连系在一起，二师的运动因"柳碧莹事件"而暴发激烈的冲突：柳碧莹到底是不是黑帮分子？

根据她的复杂的家庭出身，宁左勿右可定为黑帮分子。但是她十六岁参加解放军，十八岁入党，是个老党员，又不能定为黑帮分子。她是校长（学生们不知道她已撤职），为了党的教育事业呕心沥血，怎么会是个隐藏着的阶级敌人？但是，国家副主席刘少奇还是埋在主席身边的定时炸弹哩，她可能就是个隐藏在革命队伍里的阶级敌人。

学生们为此争论不休，形成两个不同观点。一派说她已经被阶级敌人害死了，另一派说她本人就是阶级敌人，已经潜逃了，越来越离奇的故事被传播得沸沸扬扬。

自从贯彻党的阶级路线，二师的学生都是从各中学挑选的贫下中农子弟，他们是狂热的"血统论"者。他们本来只是为了改变自己的命运来读书，时代却要他们去改变老师的命运。于是，他们忘记了

自己的身分，变成被暴君指挥的小鬼。学校在很短的时间内成立了
《文化大革命领导小组》。组长石厚生，付组长李明雪，其他成员是
校学生会的干部。

文革小组没有因为柳碧莹而忽视其它，他们强迫那些已如惊弓
之鸟的老师们离开讲台，战战兢兢去读学生们写的大字报，抄下大字
报的不实之词，对自己进行批判。同时也要用大字报去批判别人，总
之，摆在老师面前的只有两条路：受害者或害人者。

其实谁都怀疑大字报的真实性，但谁也不会对其内容进行调查
取证，它只是一个迫害人的道具。厚生每天起来的第一件事就是去看
大字报，学校的秩序已经大乱，这样下去，教师们受迫害的程度会比
反右运动更为严重。他现在还是文革小组的成员，但他的权力却不如
一个学生。所有的法规法则及社会秩序都被推翻摧毁，他想，如此革
命下去，还有谁会在乎生命的尊严！

在这个非常时刻，厚生一再叮嘱石柔：假若学校没上课就立即回
家，千万别在外面逗留，更不能去写大字报，听到传言立即告诉他，
不能和任何人交流。那时的传言很多，几乎每天都有消息从革命心脏
北京传到偏远的小城，所有的消息都在为运动推波助澜。

三十四

不幸的是，第二师范的第一个黑帮是梅仪。

八年前，由学校党委决定，梅仪执笔为毛泽东和刘少奇两位领袖人物画巨幅肖像。肖像挂在大礼堂的前面，每次大会的第一项就是给两位领袖鞠躬，两位领袖一直庄严地默默地俯视着下面的人们。可就在的前天，学生们发现毛主席的油画像褪了色，面孔因失去色彩而苍白，眼睛因失去色彩而有气无力。叛徒内奸工贼刘少奇的肖像恰恰相反，鲜活的色彩使他显得既慈祥又威严。

这是多么严重的政治问题啊，不容梅仪辩解，立即将她五花大绑，押上批斗台，在震耳欲聋的口号声中，梅仪被强按着跪在台上向毛主席请罪。

于是，至诚写出生平第一张大字报，他以大字报的形式向学生们解释：毛主席的肖像褪色了，全是油彩的质量问题，和梅老师毫无瓜葛。就像用同样色彩的布料做衣服，有的衣服褪色，有的衣服穿到破烂还会色泽依旧，这能怪裁缝吗？

至诚的富有逻辑性的大字报在学校引发轩然大波，批判他的大字报立刻覆盖整个校园。至诚立马被定罪为梅仪的帮凶，有大字报说孟至诚，石厚生，梅仪是第二师范的《三家村》。

所有的大字报的不实之词，不但没有被遏制，还让老师们几乎都成了黑帮。二师的红卫兵们砸烂学校所有封资修的牌匾，烧掉图书馆封资修的图书，抄了老师们的家财，剥夺了老师们站在讲台上的基本权力，可怜的老师们再一次身不由己地被命运抛在运动的对立面。

厚生很想用柳碧莹事件拖住运动的进展，可就在这时候，柳碧莹回来了。

柳碧莹回来的时候蓬首垢面，脸色苍白，两眼发直，衣裳肮脏凌乱，更让人吃惊的是她赤着脚，脚板还流着血。当她走进学校时，所有的老师都站在操场上在学习《人民日报》关于破除"旧思想、旧文化、旧风俗、旧习惯"的重要社论，没人敢注意别人，直到有人认出是柳碧莹时，会场才有了些须骚乱。当她倒在地上时，有人听见她说：我、口、渴……。厚生很不耐烦地喊：保卫科，先把柳校长带走。

厚生注意到，柳碧莹被带走时，两眼直直地盯着至诚，当至诚与她四目相视时，她立刻晕倒在地。她遭遇了什么，现在还没人知道，厚生认定与至诚有关。

柳旭一直呆在家里焦急地等待母亲的消息，他反复读母亲的日记。柳碧莹在日记里写道：假如我意外死亡，一定是孟至诚害死了我。

柳旭断定孟至诚是害死母亲的人，想不到看起来这么儒雅懦弱的一个人竟会是凶手！他恨一切右派，唯独没恨过孟至诚。在小旭的记忆里，在孟家度过的时光远远多过他和母亲在一起时候，他早就和可珍一家血肉交融，他曾经想要怎么做才能报答孟奶奶，而现在想的是要怎么做才能给妈妈报仇。

正当他胡思乱想之时，有人将柳碧莹背了进来，看到奄奄一息的妈妈，小旭悲喜交集，又一次哭了。

清醒过来的柳碧莹第一意识就是要将事实的真相隐瞒住，如果让人知道她是为了偷情而掉进江心，连儿子都不会原谅她。

她迅速地编了个谎言说给小旭听，当她体力恢复，梳洗完毕，已是深夜。她不能去找孟至诚，也不愿意去，可是，他们已经你中有我，我中有你，休戚相关，现在不是报仇而是组成统一战线的时候，一定要让他知道下一步该走哪着棋。尽管柳碧莹还不清楚自己目前处境，她的感觉告诉她，处境非常危险。

李明雪有一个习惯，就是在晚上睡觉前沿着学校的围墙散步。

那晚，十点半雨才停了下来，老师们的会议正好结束了。她慢慢的走在墙根边上尽量不让人看到自己。

李明雪和至诚几乎同时重返二师。他们一个曾经是副校长，一个是学生。回来后两人的地位几乎颠倒过来，心情也各有不同，但彼此都关心着对方。

自从明雪知道孟至诚是因为自己被劳教后，变得更成熟更谨慎了。年轻时不懂事，把孟校长对自己的关心告诉好友，好友告诉同学，同学告诉老师，老师告诉柳碧莹。柳碧莹为彰显自己的权力骂过她。最后变成孟至诚想诱奸女学生李明雪而被送去劳教。

所以，明雪调到二师后，把自己变成附在枯枝上的枯叶蝶，尽量隐藏着。

天很黑，明雪看到一个熟悉的身影像幽灵一样从围墙的后门出去。现在正是很敏感的时候，明雪不由跟了上去。她看到黑影扶着围墙走得很慢，不像她预想的要去自杀。没走多远，她摔倒了，爬起来又摔倒，再次爬起来。明雪凭着人性的本能冲了过去。就在这一瞬，随着"哗啦啦"铁链的响声，黑影直接掉进江里。这时，她看到孟至诚家的灯熄了。

明雪心里暗自庆幸，幸亏没有伸出援求的手，否则，她也会随着这个人掉进江心，必死无疑。

第二天清晨，明雪从围墙后门走出去，她看到发锈的铁链从铁桩上垂直掉进江中。小路上有被铁链刮过的痕迹。这痕迹从铁桩一直延伸到孟家的窗下。

明雪用脚使劲将小路上的痕迹蹭掉，将那些倒伏的芦苇扶起，她要使小路像从前看到的一模一样。

过了几天，公安人员问她什么时候最后见到过柳碧莹。她才知道那黑影是柳碧莹，她说，五月十八日的教师例会上。

第二天早上可可打开门，见小旭等候在门口。可可问：有事吗？他说：我是来向孟叔叔道歉的。我妈妈有梦游症，那晚她因梦游而失足掉进江里，她在江里漂流了十来个小时，后来被一条渔船救上来，她在船上昏迷了好几天，那条船一直把她带到了洞庭湖，她是从洞庭湖步行回来的。我错怪了孟叔叔，是妈妈要我来道歉的。我不进去了，但你一定要把我刚才说的话一字不漏地告诉孟叔叔。可可说：行，等会我去看望你妈。小旭回答：我妈妈说你们家谁也不要去看她。

至诚起床后，可可把小旭说的全告诉给他，他凝重的表情慢慢变得释然了，他说：你看到小旭，就说我知道了。

可可说：爸爸，柳碧莹掉进江里时，天连降暴雨，江水猛涨，水流湍急。她漂流了十来个小时没被淹死，是她会游泳吗？

父亲说：是她命大。

自从住进绿园后面的杂物屋，至诚无意中发现从围墙的后门到他家，路虽不远，却充满杀机，他欣喜若狂。本来将柳碧莹勒死扔到江里是一个不错的选择，但是至诚是个连鸡都不敢杀的人，他只能另想法子。眼前这条路就是为害死柳碧莹这个特别逞能的女人设计的，此时复仇占据了他所有的情感，对馨兰的愧疚和深沉的爱，让他誓要柳碧莹以死赎罪。

正当他使出浑身的解数让柳碧莹上钩时，谁知柳碧莹被派去乡下搞四清了，他以为会失去上天给他的机会。虽然，柳碧莹离开二师后，至诚的感觉也有如搬开压在自己身上的巨大石块，希望从此摆脱她的纠缠，但他还是不想失去除掉柳碧莹的唯一机会。

不久，柳碧莹又从"四清"工作队回到学校，至诚认定是上天帮他报仇雪恨。柳碧莹要强的性格决定她死于他的谋略。

当柳旭来找妈妈时，他认定柳碧莹掉进江里淹死了。当他看到柳旭伤心的哭泣，恻隐之心使他伤感和自责。转念一想，柳碧莹害死馨兰，害保罗坐牢，害俞竹去艰苦的乡村学校，害得他们的孩子都成了孤儿。而他也是九死一生，她死，只是因果轮回的报应。

至诚站在操场上看到柳碧莹跌跌撞撞扑向他，猛然感到最后的审判已经来临，心里有了末日般的绝望。接着柳碧莹在他眼前慢慢倒下，再接着她被抬走。他的心十分矛盾，即有了复活时的欣喜，又有失败很惨的悲愤。

而后，柳碧莹又要柳旭带话给他，说是她自己失足掉进江里，好像他们之间什么也没发生过，这一切多么像一幕悲喜交加真伪莫辩的黑色幽默剧。

三十五

接下来这场运动让中国变成了一台绞肉机，一个吞噬一切生命和灵魂的怪兽，只要它存在一刻，这个过程就不会停止。

六月，北京高校成立了红卫兵组织，消息传来，全国红卫兵横空出世来势汹汹，给九州大地带来史无前例的灾难，使社会主义的中国上演了无数惨绝人寰的悲剧。

红卫兵高喊"横扫一切牛鬼蛇神"，带来了红色恐怖。由北京再到地方，红卫兵以革命的名义百般折磨黑帮分子。听说北京某中学的红卫兵在一个黑帮老师身上，先淋三桶滚水，再淋三桶凉水，老师即刻骨肉分离。北京女子中学的高干子弟将女校长活活打死。可可亲眼看到她的班主任老师挨完三棒子后倒在地上再也没有醒来。她那年迈的母亲抱着她两岁的女儿，紧随她的左右。可是死神来得那么快，只能让人深深叹息生命的脆弱。

二师的批斗大会上，黑帮们戴着高帽子，挂上沉重的牌子，牌子上写着他们莫须有的罪名，用震天动地的口号声将他们打倒。

记得奶奶说戏文时常常说：闭门家中坐，祸从天上来。想不到这句戏文变成处处可见的现实。

这天，二师的红卫兵要押着黑帮分子到闹市去游街示众，石厚生所有的关系都是刘少奇的部下，他也成了黑线人物，挂着：《刘少奇的忠实走狗、叛徒——石厚生》的牌子，五花大绑走在黑帮队伍的最前面。梅仪紧随其后，脖子上挂着：石厚生的臭老婆现行反革命分子——梅仪。

梅仪无法忍受这种人格的侮辱。一向逆来顺受的她质问红卫兵们：你们说我是反革命，我就是反革命了吗？你们说了算那还要法律

干什么？宪法是用来保护人民基本权利的，你们读过吗？

她每说一句，红卫兵给她一个耳光。打得她倒在地上。接着，红卫兵们无数只脚踩在她的身上，她的嘴里喷出鲜血，渐渐失去知觉。

突然变故让厚生像冬季里的最后一片树叶，瑟瑟地抖个不停，最后他双膝跪地，大喊：红卫兵小将们，求求你们救她，救救她！

红卫兵们狂热的革命激情已经达到对生命可以无情践踏的程度。他们有的正在给黑帮们剃阴阳头，画鬼脸。有的正要黑帮头顶水盆双膝跪地地晒太阳。有的用皮鞭抽打黑帮，说这是让他们脱胎换骨，没有谁会听见厚生的呼救。

柳碧莹与刘昆偷情的事被曝光。此时，她也站在黑帮的队伍里。她和所有的黑帮们低垂着头，把主席语录捧在胸前，像虔诚的教徒一样，嘴里喃喃念道：向毛主席请罪……向毛主席请罪……

一个头领模样的红卫兵站上制高点，宣布去市内游街示众的纪律，接着由红卫兵们给黑帮们验明正身挂上游街的牌子。

有几个女生拿着剪刀走过来，她们把柳碧莹的头发剪成乱七八糟的阴阳头，然后挂上由纸板制作的牌子，上面写着：大淫妇柳碧莹。接着在她脖子上挂了一双破鞋。

正准备走时，柳碧莹看到梅仪倒在地上，红卫兵们争先恐后去踩她。她听到厚生跪求哭喊呼救的声音，立刻吓得双腿发软，跪倒在地。接着她被几个红卫兵拖上了街。

她心惊胆战的和黑帮们游遍了大街小巷，饥渴曝晒让那些体弱的老师昏倒在地，红卫兵们把他们拖到路边，生死由他去。

柳碧莹的眼睛扫过黑帮队伍，没看到孟至诚，她不知道孟至诚一家已被赶出校门。

只有几个黑帮最后回到学校，这时，她听说梅仪死了。

柳碧莹再也坚持不住，昏了过去。

在老师们被抄了 N 次家后，至诚的杂物屋都没有被红卫兵们注意过，直到有一天，他们想在学校偏僻的角落里找一间破屋子关押殴打黑帮时，才发现这里住着一个代课的右派分子，于是不由分说地把至诚一家赶出学校。至诚逃出了游街示众的厄运。

从重返二师到被赶出校门，恰好一年。这一年至诚无微不至的父爱，让可可感到家的温馨和父亲的可亲可敬。她接受了父亲，时时向父亲请教人生。

如今，至诚带着儿女回到母亲的身边，使孤独恐惧的孟母有了安全感。

就在至诚到家不久，明雪来了，她带来了梅仪的噩耗。梅仪去世了，柔柔紧紧抱着妈妈不肯松手，已经有一天一夜了，她不吃不喝不哭不闹，就是不松手。厚生被红卫兵们关押起来了，怎么也找不到。她给石峻发去的电报还没有回音，也不知他收到没有。她要可可去劝劝柔柔，假如劝不了，也去陪陪这个在父母万般溺爱中长大的女孩。

看到明雪一脸的伤心与疲惫，至诚悲愤不已，

他说：让我去陪陪梅仪吧。

明雪说：千万别去二师。你这次真是侥幸逃出来了，再去就是自投罗网。再说，你的代课工资停发了，伯母和可珍可琪都要你养活。这一回，不是你一个人失业，所有黑帮老师的工资都停发，只给几元生活费。

明雪不能久留，带着可珍回二师了。

孟母和至诚都为梅仪的死万分悲恸，不能接受美丽端庄才华横溢的梅仪死于这种悲惨境地。

三十六

柔柔在梅仪精心调教下成长，举手投足都表现出良好的教养，小小年纪就有与众不同的气质，无论在哪里她都显得公主般高贵。

在柔柔的心目中，父亲一直是她的偶像。父亲从年轻时就加入了地下党组织，现在已是老革命。她也以老革命的女儿自居，非常骄傲，非常自豪。文化大革命一开始，她就十分看好自己，认为让她成为像父亲一样的革命家的机会来了。她没有听从厚生的谆谆教诲，而是穿着军装，带着红卫兵袖章，唱着"拿起笔做刀枪，集中火力打黑帮"的红卫兵之歌，和红五类同学一起在学校掀起不可阻挡的革命浪涛。她带领学校的红卫兵写大字报批判老师们，上街宣讲红色理论，把黑七类子女赶出学校，把黑帮分子从革命队伍中拉出来剪头发游街。她俨然是一个学生领袖非她莫属的政治家。在她的内心里越来越看不起可珍。不久前她指责可珍读的都是禁书，明显的不追求进步。

可珍说：读什么书，我有选择的自由。

柔柔说：错，一个剥削阶级的子女，奢谈什么自由，还是从学校滚回你那个反革命的家里，等着红卫兵来收拾你吧！

可珍心里的那个委屈呀，差点让这句话窒息而死。

正当她得意洋洋之时，革命给她当头一棒。她父母双双被二师的红卫兵揪出来，言之凿凿成了和刘少奇拴在一起的叛徒和黑帮分子。

柔柔再不敢去学校，也很怕见人，只敢躲在屋子里发呆，又变成了柔弱的需要人保护的依人小鸟，可是没人来保护她。正在她内心崩溃时，传来母亲被人打死的噩耗。当她跟着明雪来到梅仪身边时，她看见地上躺着的妈妈变成她日夜思念的洋娃娃。她不吃不喝不哭不闹紧紧抱着洋娃娃，等妈妈回来。

可可看到石柔脸色苍白，目光直直的，嘴唇因干燥而流着血，面无表情，和躺在地上的梅仪像同一个艺术家刻出来的雕像。只是一个是睁着眼睛，另一个是闭着眼睛。

明雪已去殡仪馆为梅仪办理好火化手续，又搭建了一个简易的棚子为梅仪遮住火辣辣的太阳。刚才，她找到了块比床宽点的木板，她要让梅仪躺在木板上，不再让她躺在肮脏的水泥地上。

二师的红卫兵虽然左得可怕，但也有部分淳朴的农家子弟仍然保持善良的本性，不参与迫害老师的革命行动，他们被称为逍遥派。

明雪虽然做过文革领导小组的副组长，那个领导小组早被红卫兵组织取缔了，她也是逍遥派。

不少逍遥派的学生站在梅仪身旁看热闹，明雪要他们搭把手，把梅仪抬上木板，男同学都愿意帮忙。女同学们强行从梅仪身上拉开石柔，石柔晕倒在可可怀里。

一个简易的灵棚搭好了，只等石峻回来，母子见最后一面。

从省城到这个城市只有一班火车，很晚到达，如果误点，那就抵达得更晚。还好，今晚没有误点，十点时，石峻回来了。

在昏暗的烛光中，石峻看到她慈祥的妈妈躺在木板上。他扑过去把脸贴在妈妈的脸上，心如刀搅，泪如雨下。

石峻接到电报后，就知道家人成了这场运动的牺牲品。运动还刚刚开始，受到伤害的人已经很多了。北京每天都有无数悲剧在发生，媒体把它称为红色恐怖。那些少不更事的学生不知道生命的可贵，天天高呼红色恐怖万岁！

为梅仪守灵的是明雪和可珍。石柔被柳旭背回家，正半死不活的躺在床上，由柳旭看守着。

石峻哭了很久以后，明雪劝他说：梅老师去世了，我们都很难过，回天无力，只有面对现实。我已经找过很多人，嗓子已喊破，没有找到你爸爸。天气这么热，不管你爸爸回不回来，明天都要下葬。

第二天，明雪，可可和石峻来到火葬场。石峻在冷清的殡仪馆为梅仪买了最贵的骨灰盒。他们在火葬场等了很久。死人很多，都被草草火化，大多数死者是被孤零零的送来，连个骨灰都没人要。

当他们把梅仪的骨灰盒捧回家时，日已西斜。可珍疲惫得睁不开眼睛，倒在石柔的床上睡着了。

可珍醒来，夜已深沉。她怕父亲惦记，坚持要回家去。

仲夏的夜空是那么清朗而明亮，上弦的月隐藏在白云的背后。白云如练，闪着银亮的光。

石峻送可珍回家，他们沿着河边的马路走着。灰白色的水泥路上布满斑驳陆离的树影，当风吹过，树影晃动时，很像一副绵长而生动的水墨画。

很久很久，石峻说：可儿，你知道今天是什么日子吗？

可珍仰望星空，缥缈的银河两岸，那最美最亮的两颗星，正闪烁诱人的光芒。她说：今天是七夕，牛郎织女鹊桥相会的日子。

石峻说：也是我父母的结婚纪念日，想不到他们在这一天永别了。

石峻说到后面这一句哽咽得说不出话来。可珍情不自禁转身拥抱着他，仰面任石峻的泪水滴落在自己脸上。

石峻也紧紧抱着可珍，任泪水尽情奔流，几天以来的伤心与疲惫释放在这一刻的泪水里。

马路上有人故意大声咳嗽，好像提醒他们有红卫兵过来了。

他们只好手拉着手，慢慢走着。

长长的路，今晚似乎变得更长，快要到可珍家时，他们停下脚步。

沉默已久，石峻说：可可，你在襁褓中，我们的父母就为我们订下婚约，我很看重这婚约，它已经铭刻在我的生命里，伴随我成长。

可珍用力甩开石峻的手，她的心怦怦的跳动，她也听到石峻心跳的声音。羞怯，害怕，惊喜让她加快了脚步向家奔去。

在她走进家门的一瞬间，石峻从内心发出呐喊：可可，我等你长大！

三十七

伟大领袖毛主席已经多次亲切接见红卫兵，使红卫兵受到莫大的鼓舞，革命大串联风起云涌席卷全国。串联回来的红卫兵又带回一个新的政治玩意儿——红卫兵司令部。

工人及社会各界人士纷纷效仿学生，成立红卫兵组织，由学校到工厂，整个社会卷入了史无前例的文化大革命。工厂停工，机构瘫痪，辩论、对抗、斗争、打倒。六六年的中国，时间和空间不可理喻地疯狂起来。

可可想参加红卫兵组织，但没有哪个红卫兵组织愿意接纳她。她也想出去串联，学校不给出身不好的学生开介绍信，看到那么多的同龄人因为出身好而骄横跋扈不可一世，可可深深感受整个社会对阶级敌人及其子女的迫害与歧视是多么的不公正。他们像印度的贱民一样被社会抛弃，像德国的犹太人一样任人宰割。除了自卑与消沉，除了对生活感到绝望，可可看透了"出身不由己，道路可选择"的虚伪。她痛恨自己出身在的反革命家庭，但不再恨奶奶和外婆，她觉得她们也很无辜。

孟至诚却为一日三餐发愁。

在那个集体化的年代，个体劳动者非常受歧视，他们中有些人是失业的右派分子，有些人是被单位除名的不良分子，有些是从新中国成立到现在都没安置过的失业者。他们生活在社会底层，诸多的社会制度限制着他们，令他们在狭缝之中艰难谋生。他们中有补鞋匠，补锅匠，剃头匠，修理工，裁缝，苦力，泥瓦匠和油漆匠，他们做着着零零碎碎的事，像化缘一般向社会乞讨生活。

可叹的是在这个多事之秋，被单位除名的知识分子越来越多，他们既是权力的牺牲品，又成了物质的奴隶，为谋活路，他们不得不加入到个体劳动者的行列，他们中有工程师，教师，医生，演员，画家，作家等。他们的加入让这支队伍在迅速扩大，谋生的艰难也在加剧。

那天可珍回家，见至诚穿着黄军装，戴着黄军帽，臂膀带着红袖章，一改平日儒雅的模样。可可左看右看，这几样东西加在父亲的身上不伦不类实在可笑。

可珍惊讶地问：你参加红卫兵们的战斗队了？

至诚说：不是。明雪的哥哥当了公社付书记，承包了火车站的红海洋。他特意交给我去做哩。

"爸，什么是红海洋？"

"红海洋就是写毛主席语录。火车站的红海洋就是把火车站的里里外外上下下都写满毛主席语录。整个工程两千元，我算了算，我一天能挣三十块。明雪哥哥是个很细心的人，他怕人寻衅滋事，要我穿上他们的红卫兵战斗队的衣服，住到火车站里面去。可儿，我马上就要走了，你要在家里好好照顾奶奶和弟弟。"

至诚走后，方秀芬对可可说：真是人生无常，昨天还在愁没米过年，今天就遇到了财神爷。

三十八

　　方秀芬是一个乐观的有阅历的老太太，也是虔诚的佛教徒。

　　初入佛门时，她心心念念求菩萨保佑，处处做善事，捐善款，结善缘。经历很多的苦难后，她问佛：为什么我虔诚地向您顶礼膜拜，处处以德报怨，我人生的苦难还是这么多？

　　庵堂里的师父对她说：信佛就是层层苦修，以消除心中的业障，到达四大皆空，因缘和合的境界，修炼出菩萨心肠。

　　起初，她不太懂。经过这半年的文革运动，她懂了：思与修是破除心中业障的修行。

　　此后，每次批斗和游街示众，她都在心里默默念着"阿弥陀佛"。挂牌子，戴高帽子，剪头发，画鬼脸，红卫兵推推搡搡，她都用心念佛，心无旁骛。每次迫害，她都当成一次修炼，她的心灵也一次次升华。无论何时何地，她都春风满面，不让亲人们看出她受到过许多折磨。

　　可珍也把照顾好奶奶看成生活中的大事，奶奶去游街示众，她总是拿着茶水尾随其后。奶奶如果要上台批斗，她扶着她上台下台。每次奶奶游街回来，她烧好水给奶奶泡脚，奶奶挨斗后她让奶奶躺在床上为她按摩。

　　方秀芬平时大门不出，很少有人认识她。因为是地主婆，她被剪了阴阳头，被扇过无数耳光，但她总是老老实实低头接受，要她往东，决不往西，又没有新的犯罪，本不应该受此皮肉之苦，无奈地、富、反、坏、右此时都是人民的敌人，人人喊打。此情此景，她在戏文里都不曾见到过。

　　从运动开始红卫兵就要方秀芬赤着脚游街示众，那无疑是让她受酷刑。她三岁时就被裹成一双小脚，五十岁时必须拄着拐杖才能走路。那双三寸金莲用裹脚布缠了又缠，穿上厚底的布鞋拄着拐杖才能一扭一扭慢慢行走。如今红卫兵为了折磨她这个地主婆，竟要她赤着脚领着众人去游街示众，她只好用双膝在地上行走。用饭勺敲打着锅盖一步一敲，口里喊着：打倒地主婆方秀芬！还没走完一半，她的膝盖已被磨出血来。这种折磨让方秀芬多次想到了自尽，死了死了，一死百了。但她还牵挂着一个人：儿子至信。没有至信的消息，她死不瞑目。

昨天，红卫兵向她要户口薄，说要把她遣送到老家去。她告诉她们：她离开老家孟家坊已经二十多年了，老家已无亲人。红卫兵说：你这个老地主婆，不能继续在城里享福，必须到农村去进行劳动改造。

年已七旬的方秀芬，这些年来她足不出户一心照顾儿孙，可现在竟被说成：她的存在危害社会。

方秀芬在心里说：你们把我当敌人，却不知自己是阎王派来的小鬼。我死了是一次涅槃和轮回，你死了如枯叶，掉在地上便成泥土，任人践踏。

她收拾好一瓶一钵，几件洗换的衣服，一套被褥，等着红卫兵来遣送。

红卫兵来了，她笑着对可可说：可儿，奶奶去老家住几天，你在家好好照顾爸爸和可琪。

可可看到城市里天天都有被红卫兵押着遣送乡下的老人，他们边走边挨打，实在可怜至极。她知道这一天迟早要来，只是没想到来的这么快。看到奶奶这么安详平静，本来想哭的她忍住了眼泪。

天黑时方秀芬终于到达阔别了二十多年的故乡。

虽然过去了几十年，孟家坊的山野、田地、道路、屋舍、祠堂、煤油灯还是原来的样子，一点也没有变。方秀芬松了口气，至少出门还能认得出路来。

　　一会，来了一大帮看热闹的乡亲，年纪大的村民认出了孟家的大伯母，有人问：你是不是堂伯母？方秀芬回答：正是。那人立刻告诉大家：堂伯当年从南京回来，卖掉田产办洋学堂，又为学堂捐了三十亩良田，从此老师有了固定的薪水，族里的孩子全都免费上学，此事一直传为美谈。好多的村民曾经是洋学堂的学生，他们立即请方秀芬住到他们家里去，孟母笑着对大家说：我这次不是来做客的，我是回老家了，不再走了。

　　生产队安排方秀芬住在祠堂里，前面是她家的十亩水田。这十亩水田租给本家堂弟，五五收租，天旱水涝兵荒马乱都免租，总共也没收过几担谷子。堂弟已作古，这水田也是率土之滨莫非王土。

　　红卫兵交待完走时，恶狠狠地说：地主婆在这里老老实实劳动改造。

　　孟母到了这里，便知这是她最后的归属，内心很是喜欢，连连念"阿弥陀佛"，感谢红卫兵把她送到这里。长天辽阔，山水高远，正是佛门弟子涅槃之处。

　　儿子至诚每月为她交给生产队十元钱，又拜托堂侄为她洗衣做饭。左邻右舍乡里乡亲的有个新鲜蔬果总送她一些，每逢杀鸡宰羊必请她吃饭。可珍柳旭总不时带着可琪来看望她。

　　她满足了，一辈子的虔诚信佛，修得晚年子孙孝顺，邻里尊敬，真是功德圆满。唯一让她牵挂的只有至信，已经三年了，没有他一丝消息。为此，她早晚拜佛，整天为儿子念平安经。

　　第二年五月，正是孟母七十寿诞，公安局通知她，她的儿子孟至信因间谍罪已被执行枪毙，要她去公社武装部交五元子弹费。

　　她听后，面向西天跪下，泪流满面，大喊：孽障，为什么哄了我这么多年！

　　第二天，村里人发现她衣着整齐干净，面色祥和，坐在扮谷子的木盆里告别人间。

三十九

大串联以后的红卫兵经风雨，见世面，他们把旺盛的革命精力投入到更需要他们的权力斗争中。他们拉帮结派，以革命的名义成立各种战斗队，夺权夺枪，夺高音喇叭，夺贴大字报的空间，夺话语权，夺革命派的冠冕。中央文革像一位总导演，看着一幕幕闹剧上演，让编剧、导演、演员轮番变换角色。看着巷战、街垒战、肉搏战随时发生，造反派，保皇派逐鹿中原。总有那么多的人用生命守护着他的神坛，总有那么多的人为他发起的运动营造热烈的气氛。即使遍地鲜血仍然觉得太阳是那么灿烂辉煌。

红卫兵不再关注学校里已经备受折磨的黑帮分子，黑帮分子根据党的政策分化瓦解。一些人平反，回归教师队伍。一些人送到五七干校去喂猪。一些人遣送农村。一些人被开除出教师队伍，自己到社会上去谋生。

石厚生被秘密关押了两个月，转移了几个地方，最后转移到了至诚住过的杂物屋。这地方他太熟悉了，尤其是那条一直垂到岸边的铁链。就在那天晚上，他趁看守人睡着了，从窗口爬出去，顺着小路逃走了。

柳碧莹是唯一受到特殊关照的黑帮分子。那天她听到梅仪被打死了，昏倒在地，红卫兵想把她踢醒来，几脚下来她下体大出血，几乎死去。两个月来，她一直是危重病人，每天，她躺在病床上一动不动，脸白得像她身后的墙壁。

就在刚才，医生通知她，明天要给她做子宫切除手术。

自从掉进冰冷的江水中，她的子宫就开始流血，身体里的血已经流尽，再不做手术就会死去。

她需要一个亲人为她在手续单上签字，柳旭还没成年，签字无效。因这个签字，手术延迟至今。昨天李明雪以学校担保的名义为她签字。

为了将孟至诚送去劳教，她曾毁谤过明雪。从明雪的种种表现，看得出她已知道柳碧莹对她所做的陷害，但不知是什么原因，还是为她做了担保。

这几天，柳碧莹对自己的人生不断回顾。

她出身在苏州一个有钱人家里。她的母亲不是一个普通丫头，而是父亲化掉一半家产买的扬州瘦马。她是柳家的第九个女儿，十岁那年，她和母亲被赶出家门，大夫人还将母亲卖给一个穷苦力。以后，她和母亲的生活基本靠父亲接济，父亲瞒着家人将她送到苏州最昂贵的女校读书。母亲非常会妆扮她，从小她就从大人们的眼中看到对她的赞赏有加。六岁起母亲就对她进行严格的训练，告诉她哪些是女人必有的素质。小时候她不懂，和胡佐结婚后她才知道那是对她进行扬州瘦马的训练，从头到脚，任意一个动作都可以挑逗男人的性欲。眉目传情，一笑一颦，都能招惹男人的怜香惜玉。

母亲在她十六岁那年去世了。也是那一年，解放军路过苏州城，她参加了解放军。十八岁时认识并爱上胡佐，胡佐也很爱他。婚后他们度过她一生中最纯洁美好的生活。

就在胡佐十分迷恋她时，他俩竟鬼使神差的离婚了。这是她无论如何也无法原谅自己的事。但她把这一切归咎于馨兰，就算馨兰赔了一条命，她也认为是馨兰咎由自取。以后的一切就是多米诺骨牌效应，最后倒下的是她自己。

至少有三个人恨她恨得要命，孟至诚，石厚生，李明雪。

在她掉进江里的那一刹那，她好像看到李明雪站在离她不远的地方。事情发生得太快，她竟弄不清是真是幻。

手术单签下后，医生告诉她和明雪，由于她严重贫血，手术只有30%的成功率。这半年来，医院没有库存的血，所有需要的血，都由家人提供。李明雪和柳旭都愿意为她捐血。她不太相信地看了明雪一眼。

她想：如果手术失败，我就会永别这个世界。孟至诚杀害了我，还不为人所知，我不能把这个秘密带到坟墓里去。

她要抓紧时间完成的是两件事。把孟至诚谋杀她的事公诸于世，让可珍知道她父亲是杀人不见血的魔鬼；让小旭回到胡佐身边去，他十六岁，是选择人生的关键时刻，只有父亲才会舍命帮他。

她要小旭去把可珍叫过来。

四十

可可曾经非常痛恨自己的剥削阶级家庭,痛恨奶奶、外婆、爸爸。宁愿去远方流浪,也不愿和这些阶级敌人住在一起。被革命运动抛弃后,才发现即使经过"三次血水,三次石灰水,三次溃水的浸泡、洗涤"也未必会"纯洁",会符合这社会的"要求",会剔除她身上"剥削阶级"的烙印。在她心灵受到伤害时,张开双臂拥抱她的,是她虽已破碎却仍然温暖的家。

虽然家徒四壁,她把腰背贴墙壁上,也会感觉很舒服。

这时,她看见柳旭向她走来。

"可儿,你怎么呆在家里不去守护石柔?"柳旭问。

"明雪姑姑要带她去医院看医生,要我回家休息。你知道吗,昨晚石柔发病了,一动不动在竹林藏了一整夜,天亮了,我和明雪姑姑才找到她。她说家里有个很可怕的魔鬼,不肯回家。明雪姑姑只好带她去医院治病。"

"哎,石柔好可怜。"柳旭说。

"是的。旭儿,你找我吗?"

"是我妈妈找你,可儿,跟我一起去医院看看我妈妈吧。"

走到病房门口,看到柳碧莹惨白的脸,可可退缩了。柳碧莹说:可儿,你来了,过来吧。

这几年,可珍越发美丽,如芙蓉出水,亭亭玉立,和当年的林馨兰一模一样。柳碧莹由衷赞叹:天生丽质,怪不得胡佐当年会迷恋林馨兰。

柳碧莹已经奄奄一息,她招呼可珍时,眼睛半闭着,长长的睫毛交叉在一起,眼睛脉脉含情,越发令人怜爱。

她说：可儿，我知道你爸爸很恨我，但我却很爱你爸爸。人们说男人忧伤的眼神，是女人的毒药。他的眼睛总那么忧伤，它触动我心底的柔情。在他忧郁的眼神里，充满对爱的渴望，那眼睛深深地打动我的心。也许，我说的这些要等你长大了才会懂。那天晚上，你爸爸约我去你家，我答应了。我想告诉他，一场凶猛的运动正在酝酿中，当年反右运动中的积极分子又在操纵蠢蠢欲动的学生，谁也不知道他们会给学校的师生带来怎样的伤害，我们必须停止约会，视彼此为路人。

为了不被人看见，你爸总要我晚上从围墙外面走到你家窗外，再从窗外翻进你家，他在卧室等我。

这条路我走过几次，每次都顺顺当当的，想不到那一晚我遭他暗算。那天下雨，没有月光，围墙外只有你家的灯亮着。快到窗外，我突然被路上的铁链绊倒。原来你爸把盘在地上的几百米长的锈铁链拉过来放在墙根上，在小路最窄的地方用铁链盘上几层。铁链的另一端绑上石头，石头放在靠江的芦苇上。天黑，锈铁链与小路一个颜色，一点都看不出来。快到窗外，我绊倒在铁链上，还没站稳拴着石头的铁链就掉了下去，芦苇和那盘在路上的铁链带着我瞬时掉进江心。

我从小生长在水乡，凭着求生的本能和一点点水性，竟与暴雨、狂浪、汹涌澎湃的江流搏斗了七个小时，天亮时才被人发现。

我被救我的船民们狎亵强奸。后来，我逃走了。从七百里外的洞庭湖，靠向人乞讨一路走回来。

可珍，旭儿，孟至诚看起来温文儒雅，道貌岸然，其实心地歹毒，是个杀人不眨眼的魔鬼。他知道在那个非常时期，我就是没被淹死也不敢吱声。因为被人知道了，我会遭到很重很重的惩罚，最终还是死。

可珍起初如听天书，接着她相信了，羞愧地低下了头，不敢看柳旭的神色。

柳碧莹接着说：我因被学生踢破子宫流血不止，明天做子宫切除手术。我才 36 岁，以后靠吃药维持体内激素，心里真有说不出的苦。我与孟至诚的爱情，让我经历了一个破败的人生，一次难以启齿的侮辱。旭儿，你过来，让我好好看看你。如果明天我死了，我只能把你交给你爸爸了。你的祖父母是烈士，你爸从小在莫斯科的保育院长大。他参加过苏联的卫国战争，获得过一级勋章。回国后在中央党校读了两年书，参加过解放战争和新中国的建设。后来去了兰州的西北军政大学当任政治部主任。他有红色血统，是烈士的儿子，资深党员。这些是他走上权力宝座的通行证，谁也掰不倒他。我们离婚已有十二年了，离婚时，他一定要抱走你，是我不同意。现在我把长这么高大这么英俊的儿子交给他，他一定非常喜欢。

柳碧莹拿出一个军用水壶和一个信封交给柳旭。说：旭儿，这是你爸爸用过的军用水壶，他一定还认识。这是你爸的地址，你按照这个地址去找他。

柳碧莹将脸转向可珍，可怜巴巴的说：可可啊，我所有的存款都被红卫兵抄走了，这几月只发给我几元钱的生活费，我已身无分文。我想请你陪旭儿去李明雪主任那儿借点钱和粮票，让他买张火车票去兰州。

这时一直站在门外的明雪走了进来，她说：柳碧莹，你刚才说的是你的临终之言吧，你已感受到你快要死了，可是你还是没有反省过自己的罪过。现在，我给你看一样东西，请看看这件棉袄吧。

明雪说着拿出一件灰色的双排扣列宁装棉袄。她说：这是我十七岁时，孟校长送给我的棉衣。我永远都记得那天，我和父亲在冰天雪地里卖菜，父亲本来就生着病，我们衣服很单薄，天突然下起大雪，我们被寒风吹得几乎冻死。是孟校长给我和父亲买了御寒的衣物，我父亲才没有倒毙街头。我一直保留着这件棉衣，一看到它我就感到温暖。后来，我渐渐感悟到是这件棉衣一直在改变我的世界观。让我意识到这世上一定要有一些像孟校长这样的热心关爱别人的人，尤其是关心贫贱和患难之中的人,这世界才有温度,生活才有希望。想想当年,你是怎么利用这件事陷害我和孟校长的?是你胡说八道,说孟校长和我的关系暧昧,害孟校长去劳教。你与胡佐离婚后,你把儿子寄养在孟老师家里,你因为妒恨可珍的妈妈,故意不给孟家一分钱。孟奶奶每天把小旭搂在怀里,把你的儿子喂得饱饱的,你没有说过一句感谢的话,还把她一家害得家破人亡,真是天良何在!你说你爱孟老师,你有什么资格爱他?那天,我看到你掉进江心,我知道这是孟校长设下的陷阱,很为孟校长高兴。我还告诉你,我前几天去给孟妈妈送行,我看到上千村民在为她送葬,不少村民为她举案路祭。她不是地主婆吗?为什么这么受人尊敬?我问过村民们才知道,孟妈妈在三十年代就在乡下办义学,好多村民是在那个学校启蒙的。她为很多无钱安葬的穷人买过棺材,为很多重病之人念经祈福。虽然过去了二十多年,她做了善事被人记住了。而你所做的恶事,瞒得过一时,瞒不过天地神明。看看你今天的样子,被人抛弃,遭人强暴,是何等令人恶心。

柳碧莹说:明雪啊,我,柳碧莹在反右运动时,整过人,害过人。在文化大革命运动中又被人整过害过,我是害人者又是受害者,深深感受到整人和被人整都是痛苦的事。

由于我也成了受害者,特别能理解受害者的委屈和痛苦,也深恨自己曾经人性泯灭,冷酷而残忍地伤害了很多人。我就是被人打死踢死,也是罪有应得。明雪,也许明天我就要死了,我想请你作证,无论是活着的人还是死去的灵魂,我都想把他们请来,我柳碧莹在此向他们鞠躬请罪。

话毕,柳碧莹从床上爬下来,泪流满面跪倒在明雪膝下。

明雪说:你知道错了就行,我也相信你不会再去害人,我和可可,还有那些屈死的冤魂都会原谅你的。可可,是吗?

可可点点头,说:柳姨,明天我也为你捐血,希望你能好起来,柳旭不能没有妈妈。

第二天，明雪带着柳旭和可珍守在手术室外。一个从未做过外科手术的青年医生，在给柳碧莹开刀时竟切断了她腹部的主动脉。十几分钟后，柳碧莹死在手术台上。

父亲回来了，可可说：柳碧莹死了。

至诚没有说话，怔怔的站着，像一段没有生命的木桩。

爸爸，她告诉我，是你杀死了她。

不，可儿，我寄希望于上苍，让老天爷来惩罚她，而不是我亲手杀死她。我没那么大的胆量，也不敢杀人。

你以为你这么做就不是杀人？

可儿，你的妈妈，她是我生命中的火焰，失去她是我生命中不忍卒说的悲哀。而她，柳碧莹明明知道她害死我最心爱的女人，还来挑逗我，她以为她像飞蛾扑火一样勇敢地扑向我，我就会爱她。不！当我和她在一起时，我总感到悲哀的潜流在撞击我的心灵。我想到的是她的残忍，她对我们一家的伤害，我的儿女们因为失去母亲而遭受无数的苦难，我因为失去妻子，度过的是多么苍凉而让人欲死不能的日子！我就对自己说，不能被这虚幻的爱情迷惑，一定要让她死！对，我就是想让她死。

四十一

石厚生将李明雪调来二师。给她安排的职务是后勤部主任兼学校团委书记。这两个职务好像不在一个系统，办事不会走在一条道上。但厚生觉得这样方便管理。

明雪作为后勤部主任，管生活管财务，管采购管资金。厚生把银行背书的权力都交给了她。教她办事的宗旨：只要能办好人民的事，就不要怕化国家的钱。化大钱好办事，才能让手下人办事顺利。

作为团委书记，她管团组织的建设，学生的思想，学生会干部的分工，学校的政治宣传。厚生把学生工作全部交给她做，实在是不想有学生来找党委的麻烦。俗话说：阎王易见，小鬼难缠。

厚生要她代他去参加各种会议，省里市里局里的会议都派她全权代表。收发文件，对外联络，都让她去做。厚生要她多认识市里领导，熟悉办事流程，建好各级关系网。很多事情放手让她决策，不到一年，离开领导她也能独立工作。

明雪内心里非常感激石厚生对她呕心沥血的培养。想不到刚刚一年，一场运动，石厚生家破人亡，石柔精神分裂。她好心痛，总把石柔带在身边，悉心护理，舍不得将她送精神病院去遭罪。

文革暴发后，由于她来的时间短，从不得罪人，没有人写过她的大字报。相反学生们都知道，因为她井井有条的工作，学校师生才一日三餐准时有饭吃，一个星期还能吃上一次肉。

她遭遇过被夺权和被斗争，经历过军管和大联合。由于她擅长经济工作，任何一派都认定公章档案由她保管踏实，后勤工作交给她放心。

她常常回忆起那年在风雪天卖菜，她和父亲在寒风中瑟瑟发抖的情形。孟至诚给他们送来御寒的衣服鞋袜和滚热的肉包子，父亲感动至今。她对自己说：予人方便自己方便，给人面子自己有面子，人穷人富都要做人，有权没权都要吃饭。给人写个介绍信，盖个章，只要是解决生活问题的，应立即办好。在二师，找她办事的人越来越多，渐渐成为学校办实事的大主任。

当她听说柳旭要去甘肃找爸爸，就对可珍说：可儿，你去告诉柳旭，大串联只是文革中的一个插曲，一旦最高指示要学生们停止串联，一切接待串联学生的机构和交通就会停止运行。到那时，他是回家还是继续前行？你告诉他我已为他准备好了钱粮，要他路上注意安全。

四十二

秋末，戈壁分场的油菜和小麦已经收割完毕，数千名犯人分散在广袤的戈壁滩上捆绑着秸秆，满是麦茬的原野上弥漫着小麦的香味。

狂风呼啸而过，卷起遍地黄沙。黄沙落在胡佐的头上和黑色的囚服上，使他身上更加肮脏。那一张粗糙的布满尘土的脸，看起来比实际年龄苍老得多。

他站在公路边等候从德令哈来的汽车。每到月初，林玉兰就会给他邮来一罐猪油和两斤白糖，包裹猪油和白糖的报纸上贴着她剪下的重要新闻，这是他一个月的精神和物资的美好享受，五年了，从未间断过。

忽然从沙漠里传来"丁铃铃"驼铃声，到戈壁分场来的驼队越来越少，但赶骆驼的人，胡佐都认识。

当驼铃声停下来，赶骆驼的回民已来到他面前。队长向他行了见面礼后，说：尊敬的胡场长，十天前，我们经过德令哈时，碰到一个年青人，他说他是从兰州来到德令哈找父亲的。今天，我们在巴音沙漠又碰到他，不过他已经死了。我们把他带来了，也许他的父亲在戈壁分场。

队长说完从骆驼上解下羊皮卷，打开羊皮卷时，胡佐的心狂跳起来。虽然十二年未曾见过，那瘦高的个子，自然曲卷的黑发，挂在脖子上的军用水壶，让他认定是他的儿子柳旭。

死者的挎包还挂在肩上，从挎背里露出一个信封，胡佐赶紧抽出来，竟是他十二年前写给柳旭的信。自从离婚后他开始给柳旭写信，一直写到自己打成右派为止。

胡佐发出狼一般的哀号扑向柳旭。

他的独生子，他唯一的亲人，身上流淌着他的血的那个男孩死了。

因为他是右派，所以他不敢去见儿子，怕他知道，怕连累到他。

儿子为了寻找他，竟千里迢迢来到德令哈，误入巴音沙漠。

他人生最大的期盼是晚年和儿子生活在一起。

如果儿子不喜欢和他在一起，他会谦卑的离开他，远远地看着他生活。

就在这一瞬，以往所有的希望都破灭了，生活怎么对他这么残酷无情！

胡佐把儿子紧抱在怀里，眼睛空洞地望着远方的巴音沙漠，任风沙扑打在他们身上。

驼队走了，麦田里的劳改犯们回来了。他们把柳旭的遗体放在旷野中，用衣服盖住他的头。

胡佐被他们连拖带抱拖进地窝子，他们洗净他脸上的尘土，把他儿子的挎包和水壶放在他面前，为他点燃油灯才离开。

胡佐在挎包里找到了小旭的日记，用颤抖的手打开日记：

1966 年 10 月 13 日，晴

没有谁给我送行，没有眼泪，我木木地坐上火车，不知是悲是喜。从今天起，我北上寻父。

爸爸这个称呼在我心里每天要念上一百遍，但他的形象却很模糊。他有时像杨子荣，有时像李玉和，总之他在我的心里是英雄。

1966 年 10 月 15 日，晴

火车越往北走越荒凉，人们的衣服越发褴褛肮脏。我的心越来越担忧，我的爸爸是不是也这样？。

感谢妈妈，是您要我来找亲爱的爸爸，虽然经过千山万水，历尽千辛万苦，但增加了我的阅历，让我像男子汉一样勇敢前进。

1966 年 10 月 16 日，晴

我的心又一次受到猛烈的撞击，我朦胧而美好的希望，我的理想和信念，在一瞬间被击得粉碎。父亲的光荣血统和社会地位对我是那样宝贵，他是个英雄已经成为我永远抹不去的记忆。可是，在西北军政大学的档案里，他却是个右派分子，于 1958 年 3 月被送到青海德令哈农场劳改。

他们给我看了他被打成右派后的照片。照片上爸爸像个死囚，它让我想起妈妈苍白的脸。妈妈面色苍白倒在地上，红卫兵们把她拖上批斗台，妈妈的身上流出大量的血，染红了斗争台。那时她好像不是人，而是过街老鼠、落水狗或毒蛇什么的。人民必须把她打死。爸爸是不是也经历了这样的斗争？谁在他的身旁照顾他？

我不想写下去，太痛苦了。

1966 年 10 月 18 日，晴

我已躺在了一天一夜，我的心被撕裂。去不去德令哈？要不要去看右派爸爸？妈妈说，爸爸像雄鹰一样在天空翱翔，不是被利箭射中，就不会离开天空。

爸爸现在离开了天空，像一片轻贱的树叶被狂风撕掳下来，卷到了遥远的德令哈。为什么会这样？

妈妈死了，爸爸是我在这世上的唯一的亲人，我的血管里流着他的血液，他像磁铁一样吸引着我不畏艰难去到他身边。

德令哈，遥远得令我害怕。

1966 年 10 月 19 日，晴

算了算，我的钱够我买票去德令哈，从西宁到德令哈走的是几千年前的丝绸之路，我对丝绸之路的概念是商人们牵着骆驼又饥又渴的跋涉在沙漠中。

1966 年 10 月 25 日，小雪

爸爸不在德令哈，他在更远的戈壁分场，要穿过巴音沙漠才能到达。有一支驼队要我等十天，等他们返回时带我去戈壁分场。我已经没钱了，晚上特别寒冷，也没有多的衣服，不能再等待，否则会被冻死。

1966 年 10 月 27 日，晴

我朝着山脊走，在沙漠里艰难跋涉了三天，山还在地平线上。早晨，沙漠上的水气渐渐上升，像一堵微光闪烁的墙，我越走离墙越近，风几乎将我击倒在墙上。在赤色的阳光下，我第一次看见这片沙漠这么辽阔，白色的沙丘波浪般起伏，上面没有草，没有灌木丛，没有石头，只有风吹过的月芽般痕迹。我这才惊惧自己陷入沙海的包围中，没有水也没有食物，不禁绝望起来。

1966 年 10 月 28 日，风

我一定迷路了，突然感到我像失群的孤雁，倍感凄惶。没有谁与我同行，唯有风在呼啸，那长一声短一声的呜呜，着实让我害怕。沙漠不仅缺水，还处处陷阱，有几次我眼前都出现幻觉，让我迷失方向。

我曾邀请可可和我一起来大西北寻找父亲，她拒绝了。她说她必须去做工，去挣钱。我看到她在烈日，严寒，风雨中，去做那超出她娇弱的身体的承受力的苦活，很难受。她已经不像少女，而像一个饱径苍桑的成人。她的心远比她的外表更为成熟，那么苦，那么忧郁，那么懂事。她从来没有埋怨过我妈妈，所以我也不能怨恨孟叔叔害死我妈妈。

想不到在沙漠里，每走一步都那么艰难。

1966 年 10 月 29 日，风

我不知走了多久了，他们告诉我只有 30 里就到戈壁分场。我走了这么久前面还是沙漠，我已经没有水和食物，也没有时间概念了。

10 月 XX 日，风

我的脚下竟是桀骜不驯的溪流，它呼啸着独自奔出山谷，流向远方，和我故乡的资江惊人的相似。

风低低吹过草地，葡伏着的枯草发出可怜的颤抖，树林深处传来野兽凄厉的叫声，狂飙卷起大树从我身边飞过。我知道又一次与沙海蜃楼相遇了。

我为什么走进了绝境，我什么时候才能走出沙漠，不再受饥饿，寒冷，干渴的摧残？

妈妈来了，温馨和愉快的气氛回旋在我的头顶上。我看到了爸爸，久违的笑蚀透了他的面容。爸爸说，他身不由己被命运抛到了荒漠中，我们终于见面了，他爱我，我也爱他……

我突然听见遥远的地平线的那头，爸爸在呼唤我的名字。

爸爸救我，爸爸，求求你救我……

胡佐合上日记，他已流干了眼泪。

他走到沙漠中的一个古窟中，那是他为自己准备的坟墓。他把古窟打扫干净后，把儿子背进古窟里，那里有他准备好的几百支蜡烛。他把蜡烛点燃，再用尘土把古窟封好。

烛光照亮古窟的每一个角落，照亮柳旭那已径蜡化的脸，柳旭是那么英俊，那么年轻，像天使一样安宁地躺古窟中。

胡佐握着儿子的手，躺在儿子的身边，慈爱地看着儿子。他知道当蜡烛燃成灰烬，他也永远闭上了眼睛，和心爱的儿子永不分离。

四十三

　　自从学校停课，可琪整天东游西荡，无所事事。起初，至诚每天都给他布置了一些作业，那是从可珍的课本里挑出来的数学题，对悟性很高的可琪来说太容易了，三个月把初中三年的习题全做完了。至诚为谋生四处奔忙，可琪玩得不可乐乎。

　　虽然停课闹革命，学校仍然是孩子们心灵的归宿，他们常常聚集在校园里搞出一些恶作剧来。

　　他们模仿红卫兵组织，组成了自己的帮派。那些特别霸道的同学成了帮派的总司令，起初，他们只在学校里和其它班级的学生打架，渐渐打到了社会上。他们有时帮助造反派打保守派，有时帮保守派把造反派的司令部砸个稀巴烂。

　　没事时，他们随处推倒围墙，用砖头砸碎公共设施，去工厂搞破坏。这些半大的孩子什么知识都没有，可已经学会了拉帮结派和哥们义气。起初是一条街或一个学校的孩子结成一派，慢慢几条街的孩子聚集在一起，打群架的时候会聚集一、二百人。互相斗殴已经成为他们每日的功课。总之，哥们寻衅闹事，破坏力极强。

　　可琪每天跟在这群人的后面，这一切让他感到即新鲜又兴奋，比起一个人在家孤独地面对课本刺激多了。而且，他还加入了一个小团体"威虎山"。老大自封"座山雕"，下面是八大金刚，他最小也最后加入，被"座山雕"封为老九。"座山雕"要大家喝血酒，结为十兄弟，从此有福同享，有难同当。

　　可琪有一样最心爱的东西——显微镜。那是他十岁那年石厚生送给他的。抄家时，被居委会抄去了，可琪知道它放在居委会的办公室里。显微镜的上面布满灰尘，像垃圾一样有时立在桌子上面，有时卧倒在地上。以前父亲总把蝴蝶或毛毛虫放在显微镜的玻璃下面用镊子剥离，分析它们的结构。父亲说，只要有显微镜，就可以带他走进奇妙的微观世界。自从显微镜被抄走，他日思暮想，不能让它回到家中，可琪无法安宁。

可琪多次请求居委会退回他的显微镜，居委会不理不睬。可琪决定自己设法把它拿回来。他把自己的委屈告诉他的哥们，他们一致表示帮他。于是，可琪在哥们的掩护下撬开居委会的门拿到了心爱的显微镜。第二天，他们被居委会的治安分队逮走了。

每天凌晨，可可去建筑工地做苦工，她和苦力们从早上五点干到中午十二点收工，这样可以躲避盛夏的毒日头。

这天和往常一样，她从凌晨五点干到中午。收工后，拖着疲惫不堪的身子，顶着正午火一般的太阳回家。路过居委会门口时，看见电杆上绑着十来个半大的孩子。她不怎么在意他们，只是很随意的扫了他们一眼。突然，在这群人里她看到了可琪，他的胸前挂着一块写着"小偷"的牌子，牌子比他的人还大，十分显眼。

可琪怎么和这些孩子在一起，又怎么成为小偷了呢？可可百思不得其解，她问：可琪，你怎么被绑在这里？可琪说：姐，我的显微镜一直放在居委会的办公室，我和把兄弟们一起去拿我的显微镜。可是红卫兵把我们绑起来，还说我是小偷，其实他们才是强盗。

可可生气到了极点，说：可琪，姐姐平时是怎么教你的？我要求你在家呆着，既使什么也不做，可以练习书法和做数学题，千万不要加入到街头小混混的行列，不能因为无书可读就毁了自己。

可琪已经被太阳晒得半死不活，他说：我只想拿回我的显微镜，我和把兄弟什么也没干。

可可想：即使是这样，他们也不能这么对待可琪和他的伙伴，因为他们毕竟是孩子呀！如果让可琪继续绑在太阳下，他会中暑的。

可可顾不了许多，立即将绑在可琪的粗大的绳子解开。她本应该在这无人知晓的时刻让他逃走，可是她却将他带到治安分队，请求他们的原谅。她以为一个孩子去拿原本属于自己的东西，是会得到谅解的。谁知治安分队说：显微镜没有退还给你们的时候，它仍然是国家的财产，偷窃国家财产是违法行为。再说他的胆子也太大了，撬门行窃，居然找来小混混为他望风，也不想想自己出身在什么家庭，祖母是什么人，父亲和叔叔又是什么人，所以他必须接受处罚。那些小混混们家庭出身好的放掉，出身差的送治安大队劳教。

不管可珍怎么求情，他们把刚刚十一岁的可琪送进集中营。

这是一个关押着几千人的集中营，全都是从各单位、居委会押送来的地、富、反、坏、右，滞留城市的知青，两劳释放人员，运动中被打倒的坏头头，在基层干部眼里长期不务正业的居民。这些被侮辱和被迫害的人关押在战备工厂的基建工地上，由枪荷实弹的民兵看守着，从早到晚做着苦工。每顿饭还要由家属们送到工地上去，晚上睡在水泥地上。

第三天的凌晨，所有的犯人都在熟睡中。一个从未接受过训练的民兵好奇地拉响枪栓。"砰"的一声巨响，子弹从可琪的右胸穿过去，击碎右边的三根肋骨后穿过右肺，从右腋下穿出，再击断他的右手臂。子弹呼啸着再一次穿进另一个青年的手腕，最后冲向墙壁，将墙壁打出一个洞眼。

枪声惊醒了所有的人，人们看见可琪抽搐着，鲜血从胸口涌出来，手臂上的肉溅得到处都是。

在押的人们惊呼：救命！有人过来将伤者送去抢救，有人过来冷酷无情地警告目击者：绝不允许把事实的真相说出去！

第二天，有目击者将可琪受伤的事告诉至诚，至诚和可珍要求去看可琪，却遭到拒绝。至诚对居委会的主任说：我的儿子快要死了，因为他要死掉了，我这儿像刀割一样的痛。

至诚指着自己的心，慢慢倒在地上，晕过去了。

过去的两个月里，至诚不分昼夜爬在火车站的墙上写毛主席语录，昨天终于写完，领到一千多元工资，真是万分高兴。谁知钱还没捂热，就送进医院救儿子的命。

至诚第二天才看到儿子。可琪还在昏迷中，浑身抽搐，血还没完全止住，正浸透胸口上的纱布，整个右手被绑着厚厚的绷带。至诚从来没有这么心痛过，他想摸摸儿子的脸，却被跟着进来的民兵拖了出去。

至诚对着医生哭喊：医生，我只是右派，不是反革命，不是流氓犯，求你救救我儿子，不要截肢，他才十一岁。

可琪七天后脱离生命危险。他伤得很重，经过三个月的治疗后，右边肋骨打了个支架，右臂钉十几个钢钉，终身不能负重。

三个月后可琪出院了，因为打太多的抗生素而使耳朵聋了，右胸部的肺和肋骨被切除，他的脊梁因失重而向右弯曲，他在右臂上钉了块钢板，从大腿割下一块皮包裹好。经过枪击的可琪，残疾得像《巴黎圣母院》中的卡西默多。

另一个被子弹击中手腕的倒霉蛋，才三十岁右手就被锯掉了。这一切都是为了满足一个民兵的好奇心。

至诚因为大声哭喊，被关进集中营，直到可琪出院才放他出来。

四十四

自从可琪受伤，至诚被关进集中营，可可整天奔走在医院、家、集中营之间。

但是，可珍没有忘记，七夕之夜是梅仪周年的忌日。她要去紫苑祭奠她的梅姨。

可珍寻遍大街小巷都买不到一张纸钱，所有用来祭奠先人的东西都被烙上迷信的印记而被禁止出售。她只买到两支白蜡烛，便带着蜡烛来到紫苑。

月亮门两边的墙上，还留下右派们模糊的漫画，在朦胧的夜色中，可可找到妈妈被画成美女蛇的头像。黑线勾勒出来的轮廓忽然变得十分柔美，可可不禁伸出手来抚摸她。十年了，母亲的面容在可可的记忆里渐渐变得模糊，可是，每当她站在这里，母亲的面容便生动起来，勾起她对儿时生活的回忆：那时，爸爸妈妈是那么年轻；紫苑度过的每一天那么美好；还有石峻石柔，柳旭和李昶的天真烂漫的笑脸。瞬间，可可内心的伤痛化着悲怆的泪水奔流。

忽然，可珍感觉有一股暖流将她包裹，她的心剧烈地跳动起来。没来得及转身她就被人紧紧抱在怀里。那熟悉的呼吸使她不知所措地闭上眼睛，她知道是谁，只发生得太突然，不知该拒绝还是回应他雨点般的热吻。

可可，真的是你？石峻温柔地梦幻地呼唤她，这多么像七夕银河的神话。可可，你是在等我吗？你怎么知道我今晚会回来？

不，可可从石峻手臂里挣扎出来，举起手中的蜡烛，说：峻哥哥，今天是梅姨的忌日，我是来祭奠她的。我买了蜡烛，为她照亮幽冥的路。

石峻的手臂松开了，他看着可珍，月亮竟是那么的明媚，照亮可可悲哀的脸，脸上的泪花犹如梨花带雨，楚楚动人。

石峻轻轻说：我也是为妈妈的忌日回来的。谢谢你的蜡烛，让我们点燃蜡烛一起来祭奠我妈妈吧。

在昏暗的路灯下，他们走进紫苑里，在台阶上点燃蜡烛，在摇曳的烛光里，习习的风如幽冥的脚步从屋子里飘荡出来。

眼前的紫苑已经破败不堪，完全看不到当年的痕迹。他们仿佛听到幽灵的叹息：唉，人去楼空啊，这种悲痛何人能承受得了！

石厚生有时会趁着漆黑的夜偷偷溜回到家中，今夜他也来哀悼他的爱妻梅仪。他看到石峻和可珍跪在石阶前的悲痛地哭泣，没有惊扰他们。

石峻和可珍沉浸在万分悲痛中，已经忘记了周围的一切。

他在他们后面双膝跪下祭奠妻子，轻声说：梅仪啊，今天是我们的结婚纪念日，也是您离开人世一年的祭日。我内心的悲痛无以复加。儿子和可儿都来了，他们和我一样因为怀念您而沉浸在痛苦中。虽然紫苑的花花草草已经枯萎，楼台亭阁也在风雨中飘摇。但令人欣慰的是，在曾经被砍断的紫藤的周围，生长出无数的嫩嫩的枝条，它们虽然匍伏在地上，那紫色的花朵却铺满庭院，生机勃勃，向上伸展。紫花是祥瑞之花，它在紫苑生根开花蓬勃生长，是因为紫苑所有的冤魂在保佑我们的后代，我相信你和馨兰、莎鸥绝不会这样默默倒下去的。我们也不会只沉浸在往事里不能自拔，我们会抬起头来仰望星空，挺直腰干，坚强地活下去。梅仪，我亲爱的妻子，您听见吗？我祈求上天保佑紫苑所有的冤魂升上天堂，不再被痛苦折磨。

石峻和可珍只顾伤心痛哭，没有听到厚生的悲泣，等到蜡烛燃尽，紫苑只剩下朦胧的月色时，可珍站起来准备去搀扶哭得几乎昏过去的石峻。这时，她看到了厚生，不由大吃一惊。

石伯伯，真的是你？可珍激动地扑进厚生的怀中。

孩子，是我。厚生轻轻拍打她的背。

爸！石峻也扑过来，三人紧紧拥抱，放声痛哭。

石峻说：爸爸，我回来也是为了找你，我不是做梦吧？爸，这一年你是怎么过的呀？

儿子，说来话长，我们还是进屋慢慢说吧。

原来，石厚生从红卫兵的看管中逃出来，最初藏在可可外婆家的猪圈中，昼伏夜出。可可外婆善良且智慧过人，把他保护起来。后来风声渐松，红卫兵忙着夺权，他便混在基建工地、码头上做苦工，晚上仍然躲在猪圈里。没工做的时候，他也去看大字报，知道谁已被解放了，谁在掌控权力，自己该怎么走好下一步棋。

他对石峻说：儿子，我看出来了，最后的胜利还是属于我们这群走资派，天下是谁打下来的，最后还是属于谁……

四十五

盛夏是大自然和植物们心心相印的季节，花蕊里孕育的果实正在成熟。

1967 年的夏天，对于二十一岁的石峻和十七岁的可珍是人生最美的时光，他们双双坠入了爱河。

一年来，石峻虽然没有见到可珍，但可珍却无处不在，她那美丽的眼睛和细柳般腰肢总在眼前晃动。昨天他紧紧拥抱了她，吻过她的鲜嫩的唇和美丽的眼睛，少女的身体里散发的甜美的气息萦绕着他，让他不想再放开她，人生的目标在这一刻似乎已经实现了一半。

祭奠过梅姨，可珍离开紫苑，也离开了石峻。那一晚可珍辗转难眠，脑海里总浮现石峻那深情的眼睛和被他紧紧拥抱相吻的从未有过激情。她没想到仅仅一刻，就被石峻的拥吻迷住了，爱情的魅力如此强大出乎她的想象。被爱是这么幸福，她想时时刻刻都拥有。

接下来，紫苑成了他们的伊甸园。对于可可来说，爱情来得这么快，她还来不及多想，就喜欢上了恋爱的感觉，这是她从读第一本爱情小说起就期盼的。两颗荡漾着青春与激情的心让他们时时热烈的相拥相吻。他们忘记了世间的一切，好像天地间只剩下他们。

天太晚了，她向石峻告别，石峻总说：明天早点来，别让我等得太心焦。

清晨，凉凉的风从临街的窗口吹进。可珍怀着满满的幸福回味着昨晚与石峻的约会。可生活总是那么艰难，让她不能停下谋生的脚步。而且，石峻也身无分文。所以，可可起床后的第一件事就是跑着去工地，她必须出卖苦力养活自己。

就在可可跑步前进时，忽然被人拉住，抬头一看是外婆家的邻居。那人说：可可啊，你外婆被打得快要死了，你快紧去看看她吧。

可可来不及告诉石峻，立即一路小跑向外婆家奔去。到了外婆家，只见外婆躺在床上不能动弹，听见可可叫她，呜咽着说：我的儿啊，你可来了，我以为再也见不到你了。

可可看到外婆的头肿得很大，已经变得乌黑，眼睛根本睁不开。她的身上，满身伤痕。她的手臂，因骨裂而肿胀变形。外婆的身体有多痛，恐怕只能用"死去活来"一词形容。

舅舅眼泪汪汪，护理着外婆，嘴唇煽动着，似乎有很多事情想告诉可可，却又发不出声音。

可可刚痛失祖母，外婆又要离她而去，不由悲从中来，放声痛哭。

外婆说：我的儿呀，你赶快回去吧，不要再在这里哭泣。我们公社已经开始杀人了。你舅舅幸亏是个哑巴，没事。我被打过了，也没事了。你的姨婆还被关在那里，是死是活还不知道，你快回去吧。走吧，我的心肝，要是碰上民兵们，他们会打死你的！

昨天，可珍和石峻在资江边散步，从资江上游漂来很多尸体。他们有的像粽子一样被捆绑着，有的被钉在门板上，有的男女老少被绑在一起像一家人，同时传来由贫下中农杀害政治贱民——地富反坏右的消息。据说酷刑上百种，推进河里淹死的是最轻的惩罚。

可可当即吓得扑进石峻的怀里，让石峻紧紧抱住她。如此恐怖的场景，谁会不害怕呢？而今，年已七旬的外婆被打成这样，看来大屠杀真的开始了。

可可不由为处在屠城之中的俞竹和小昶担心。竹姨在她的心里一直是那么崇高，就像天上的月亮，圣洁而美丽。

可可记得，在紫苑非常热闹，引人注目的时候，竹姨从不涉足紫苑，自己甚至不认识她。

在方秀芬被重新戴上地主分子的帽子，至信又被捕，内心处于最悲哀的时候，俞竹走进了她们的生活。

方秀芬悲痛地问她：俞竹啊，我儿媳死了、儿子被关押，我活着还有什么意义？

俞竹说：妈妈，你是善良的，勤劳的，歧视对你来说非常的不公正，假若您老把它看成是修为，就一定能平静的接受它。

她告诉孟妈妈，她的心里有一块圣地，是任何人都无法走进去的，那就是她的信仰。

反右运动中俞竹插白旗，因丈夫张涛自杀，又罪加一等。她被柳碧莹调出二师，主管教育的刘昆市长将她调入县城的一中教书。一中本是县城的最高学府，教学精英荟萃，学生成绩突出，被定为省属重点中学。在这诗礼馨香之地，教师却没有受到应有的尊重，任何人都可以对他们吆三喝四，称呼他们为"臭老九"；寒假暑假和星期天一律取消换成下田干活；工资被随意拖欠或挪作他用。

如此学校在文化大革命中，老师们自然成了被批斗的一等贱民。

可怜的俞竹是老师中挨斗挨打最多的一个。因为她讲流利的英语，被判定为美蒋特务；因为她喜欢在头发上抹点发油，把裤缝烫得笔直，被判定为传播资产阶级生活方式；因为她的丈夫是黄埔军校的教官，她就是国民党的残渣余孽。经过揭露批判斗争，最后判定她犯下五宗罪：第一，地主阶级的孝子贤孙。第二，国民党的忠实走狗。第三，漏网右派分子。第四，宣扬资产阶级生活方式。第五、崇洋媚外。

黑帮平反时，她没能平反，还是被学生看管着。

不久前，可可去县一中看她。只见身材修长的俞竹，婷婷而立，款款而行，显得非常端庄。她彬彬有礼，举止渗透着非同凡响的贵族仪态。她文静平淡的笑容有着拒人于千里之外的冷漠，温柔静穆的眼神透出高雅的悲凉。

她不慌不忙拿出一瓶香槟和一包花米，松开香槟的塞子，塞子和酒"蓬"的冲了出来，香气四溢。她用这些招待她心爱的可儿，自己也就着花生米默默地喝着香槟。

这些洋东西在乡下学生的眼里是资产阶级的奢侈品。她也不管，自顾自的享受着。这时可可发现竹姨的脸肿得高高的，眼睛眯成了一条缝。她又挨打了，却这么坦然面对看守她的学生。

接着她语出惊人，她说，可儿越来越漂亮了，比你妈妈还要漂亮。我记得可儿从未买过新衣，所有的衣服都是你妈妈的旧衣改的，可就是穿什么衣服都好看，都特别有气质。天生丽质就是与众不同。

那时是没有人敢公开评说"漂亮"二字的，因为它属于另一个阶级。一个学生提醒她，不要用资产阶级思想腐蚀下一代。

她说：我一直为我犯下的罪恶而忏悔，余生除了忏悔，什么也没有，也没有别人的思想。

她苦笑一下，接着说：人的一生，在童年时很天真，到了青年会很迷茫，但是到了中年就成熟了。成熟的思想不必指引，不必命令，更不须恩赐，是用生命去感受去体验的。

那个看守她的女学生被她的惊世骇俗的话震惊了。

俞竹对那女学生说：我很明白，文革中有一些学生是在不得已或别人挑唆的情况下伤害了老师，我想，那只是轻微的伤害。还有一些学生失去了正义感，那是我们教育的失败，要宽容他们。我很幸运，经历了那么多的斗争会，竟从来没有一个由我教过的学生打过我，最多将我的头摁下去。孩子们，即使你们打过的我，我也能原谅你们。哪一天我死了，就像一颗种子回到大地的怀抱，我会重生。

她又转过脸看着可可。

可可，我一直记得特蕾莎修女的一句话："你是什么由上帝的天赋注定，而你成为什么则是你献给上帝的礼物。"你，还有今天来看守我的这个女同学，你们都是非同寻常的女孩。都是这世界独一无二的。

离别时，竹姨说：也许，你下一次来，我已经不在人世了，不过，你记住，我是去找上帝了。我要把他欠我的都要回来，不要以为他是上帝，我就只能站在他的脚下。

可是，可可不相信这是她们最后的相聚。

四十六

有谁能想到，文化大革命偏离了原来的轨道，让阶级斗争滑向变态的大屠杀。

可可为俞竹担心竟是彼此心灵的呼唤。

俞竹所在的县城已展开屠城运动，一夜之间上千教师被捆绑吊打。由贫下中农组成的最高法院决定他们的生死。

在一中的会议室里，悬挂领袖肖像的下方摆了一张办公桌，桌上摆着："贫下中农最高法院审判庭"的白底红字的木牌。不懂律法的审判长坐在木牌后面，几条长凳上坐着十几个杀气腾腾的陪审员，靠墙站着一溜拿着梭镖、马刀、鸟铳、铁棍的民兵，还有一把铡刀放在屋子的中央。学校师生员工站在外面听审，被宣布死刑的老师的家属统统跪在会议室后面。

老师们被五花大绑推进来，俞竹数了一下，全校 36 个教师和职员，有 29 人被绑。接下来由审判长宣布每个人的罪行和判决结果，今天的审判其实是无数次批斗大会的重复，由"最高法院"最后判决老师中地富反坏右及其子女的死刑。

七个老师被宣判为死刑，有五人立即执行，就是被活埋掉。俞竹和另一个女教师的死刑暂缓执行，民兵们用半厘米粗的铁丝穿过她们的锁骨，把她们吊在屋梁上，下面用大堆柴火烤她们。这时正是七月流火，天气炎热，在场的人却冷若冰霜。为斩草除根，由贫下中农组成的最高法院要俞竹交出李昶、要那个女教师交出她正在逃亡的丈夫。

他们让女教师五岁的女儿跪在柴火边，逼着小女孩喊：妈妈，把爸爸交出来吧！但是，女教师已经昏过去了，血水和屎尿顺着身子流满一地。民兵把女教师解下来，左一脚，右一脚踢过后，又用冷水泼醒，醒过来后又吊上去，女教师只望着女儿流泪，一句也不说。

他们把俞竹解下来，踢打一番没能逼出李昶的下落，正要把她吊了上去时，门外有小小的骚动，有人喊：李昶来自首了。

原来，李昶在俞竹的劝说下躲了起来，刚才听同学说，俞竹为了他正在受酷刑，于是不顾一切自投罗网，他立马被五花大绑，宣布明天执行死刑。

浑身是血的俞竹在见到李昶的那一瞬，心里一激动就不省人事了，法庭宣布俞竹的死刑立即执行。

民兵把俞竹的四肢钉在教室的门板上，再用铁丝捆住她的身体，把她连着门板抛入资江，任它随波逐浪远去。

那晚，小昶和被关押的人都蜷缩在墙角，等待天亮执行死刑。半夜，忽然外面枪声大作，一队解放军冲进来没收了民兵手中的武器，叫他们靠墙站着，不准乱动。

原来47军进城了，取缔了贫下中农最高法院，解放了所有被关押的无辜群众，大屠杀结束了。

这是八月初的霞光，它格外的璀灿。虽然还是凌晨，徐徐吹过的风带着仲夏的炎热。

有人在重重拍打可可家的门，可可问：谁，有事吗？

可可，是我，小昶。

看到小昶惨白的脸，可可就知道大事不妙。昶说：我妈妈被抛进资江了，我要去找她。

可可顿时觉得天地在摇晃，屋子在转动，天花板在向她砸下来，她坠入无边的黑暗。

过了好久，可可才醒过来，外婆刚刚去世，又传来竹姨的噩耗，过度哀伤让她的心阵阵绞痛。她坚强地站起来和小昶沿着资江往下游寻找俞竹的遗体，心里无限悲怆。无情的江水中已没有竹姨一丝痕迹，可可和小昶跪在江边为远去的俞竹送行。

　　小昶说：妈妈，您给我的疼爱是别人无法给我的，我会铭记一辈子。我永远爱您，尊敬您。虽然再也见不着您，但我要为您修最好的墓，每年清明在您的墓前为您下跪，以谢您十几年来对我的抚育。

　　可可的心已被很多很多的痛苦折磨得麻木了，连哭都哭不出来。她说：竹姨，您在哪儿？请您托梦给我，好让我再见到您啊……

四十七

　　文革一开始，小昶再也没有父亲的消息。父亲是死是活谁也没有告诉过他，对父亲深沉的爱执着地埋在心灵的最深处，夜深人静，他因思念父亲用被子蒙着头哭泣。

　　九月，保罗刑满释放。当他得知俞竹刚刚去世，非常悲痛。他说：老天，俞竹帮我养大小昶，为什么不让我当着她的面说声谢谢。为什么让我背着这么多的枷锁活在世间。老天，你知道吗？我想代俞竹去死啊！

　　出狱后的保罗是那么苍老而消瘦，昶伤心地扑在父亲的怀里，泪如泉涌。

　　释放后的保罗和昶寄居在至诚家里，过着漂泊无依的生活。

　　十月初，石峻收到北大的通知，所有学生都回归校园，等待毕业分配。石峻依依不舍告别热恋中的可珍，回到北大。

　　至诚还没从丧母的悲痛中缓过气来，可琪又成了残疾人，一连串的打击将至诚击倒在地，他连爬起来的力气都没有。他渐渐感到全身乏力，食欲减少，每天发着高烧。为了生活他挣扎去工地找一份油漆活干，每当打磨家具时，底漆的粉尘被他吸进肺里，引起他剧烈的咳嗽。有一天，他咳出一大堆血。

　　至诚瞒着大家带着病去做苦力，但还是被保罗发现了。

　　保罗说：至诚，你不是一般的感冒，我是医生，知道你是患上了肺结核，你必须休息，然后彻底治疗。现在，我、小昶和可儿都在做着苦力，我们挣得不多，还是能养活一家人。你不但要休息，还需要营养和隔离。我们不能再挤在一起了，尤其是可琪，他的肺部刚刚痊愈，不能再被结核菌感染。

可是，又能到哪儿找到住房？至诚要可可去问问明雪，看能不能在近郊找到一间民居。

明雪听说至诚病了，立刻赶过来。明雪认为房子可以慢慢找，至诚的病一天也不能耽误，要立刻住进医院。

保罗说：我就是最好的医生，他该怎么治疗，怎么营养、怎么休息交给我好啦，真的是只需要一间干干净净的空气新鲜的房子，由我来照顾他。

这时，明雪的眼睛停留在小昶身上，说：这是李昶？还是儿时的模样。都长这么高了，好帅气！

保罗苦笑一下，说：可惜学习被耽误了，只有小学生的文化程度。

停了片刻，明雪说：让他到二师来做临时工吧。文革以来学校就没招过工人，那些年纪大的工人都退休了，食堂园林都要找人干活，我早就想找几个临时工。保罗，你也来干吧。你离开二师已经有十年了，外貌的变化也很大，让人认不出来了。就是有人认出来也不怕。你是从学校出去的，再回到学校做苦力也很正常。有机会我还要求上面给你平反，你算什么反革命？我仔细看过你的档案，你是抗日英雄！你们将粮卡交到学校，明天就上班。

可是，我没有粮食卡，保罗说。我离开劳改队时，问过我的户籍，他们说劳改犯从那儿来回那儿去。如果原籍不接受就去乡下，总有一个乡村会接收的，尤其是很贫苦的乡村。

明雪说：那么你的户籍一定还在二师，这就好办了。把你的劳改释放证明给我，待会我给你办好户籍粮卡。小昶，你的户籍呢？

小昶说：我的户籍在县一中。说完眼圈红了。

明雪难过地说：俞老师的事我们听说了，把你的户籍迁出来，为你找一份谋生的工作于情于理都是领导们该做的。这样吧，房子也用不着租了，你们住到绿苑去，那儿正空着。保罗，我聘你做学校的园丁，你就从绿苑干起，把它清理好，种上花草。小昶去食堂淘米洗菜，做食堂的小工。你们都住在绿苑里。以后，两个人的饭三个人吃，老孟就不再务工了，让他好好休养吧。

明雪说完就去给保罗办户籍粮卡。

保罗问至诚：她为什么对我们这么好？

至诚说：她很善良，对谁都好。

保罗说：给百姓办事的人都像她就好了。

整整三年，同学们再也没有走进课堂，三届毕业生滞留在校园里，为运动不可理喻地消耗着宝贵的青春。同学们在围攻与反击，迫害与抗争之间，已经筑起一道道厚厚的冰墙。当"知识青年到农村去，接受贫下中农再教育，很有必要。"的最新指示下达后，红卫兵们终于明白了这场运动对他们来说已经走到尽头。昔日的对立派因为命运相同而变得亲近起来，大家相互留影纪念，相约保持联系，用年轻的心重建爱的纽带。生活就是这样令我们这一代迷惘，我们曾经拼命去追求、去抗争、去奋斗、去向往的，现在又要怀着深深的眷恋去痛悔、去反省、去回顾、去惜别。在这场史无前例的运动里，可悲可叹的三届学子根本不知道他们究竟扮演的是什么角色。

这年初冬，可可和她的同学们成了知青。

可可下乡的地方离县城不远，夜晚站在山头上可以看到县城的灯光。在那个计划经济的年代，巨大的城乡差别、工人和农民不可比较的收入，刺激着每一个农民的神经，年轻的农民对城里人的妒忌已达到了恨的程度。可可不幸插队在这一片乡村中最贫困的生产队，生产队名叫烂沙滩。湍急的河流挟裹着泥沙从上游冲刷下来把生产队的地盘一劈为二，河的一边是泥沙冲击成的沼泽，另一边是光秃秃的山崖，恶劣的自然环境注定它是一块饥饿的土地。农民们本来就吃不饱，可珍还要分走他们救命的粮食，村民的内心是抗拒知青的，但刚刚来到乡村的可珍并不懂这些。

每一个春天，农民都把早稻插在泥沙淤积的水田里。到了四月末，梅子雨淅淅沥沥下个不停，上游涨水了，春水泛滥起来，河水将田里的水稻连根卷起流向远处，早稻颗粒无收。到了农历六月初，农民又把晚稻插进水田里，七月骄阳暴晒着不能蓄水的沙滩地，水稻只要几天就被晒成了枯草。农民说一年到头累死累活连水稻种子都收不回，不如种一季中稻，还能收上一两百斤粮食。但那时的乡村，农民怕干部，干部怕政府，政府要你种什么农民就得种什么，没有人去想也不敢去想为什么一定要遵从那些既无人权又无人性的荒唐的政策和策略。

农民收入很低，一个劳动日不到两毛钱。可可一天挣六工分也就是一毛钱，收入等于零。她和所有的村民一样，数着米粒过日子，盼着政府给他们发一点救济粮。

可珍下乡后不久，城市的大门又打开了一条缝，让那些出身好的知青通过招工招生回到城里，而出身不好的知青被关在城门外，这不能不让出身不好的知青对前途倍感绝望。

在烂沙滩，春荒是一年中最难熬的日子，饥饿折磨着每一个村民，空气中飘浮着死亡的气味。女人们不再下田干活，知青可珍却干着最脏最苦最累的活，她要用汗水洗涤灵魂。因为有了石峻的爱，她每天用生命回味爱情的甜蜜。与石峻在一起的日子给了她无限美好的回忆，她盼望他的信、期待和他重逢，初恋在刻骨铭心的渴望中痛并快乐着。

石峻 65 年考上北大，69 年毕业，被分配到宁夏的一所大学当历史老师。

他上大学时正好是文化大革命，教授们被打倒了，也从未有过正常的课堂和学习，对真实的历史只能自己去思考去理解。

他对学生说：历史总是惊人的相似，当时代倒退，知识分子就会遇难、农民变成农奴、君主成暴君，社会会民不聊生。有趣的是这样的社会看起来不是颓败而是繁花似锦。如秦始皇统一六国，康乾开创了康乾盛世。

所以，历代暴君都用谎言编写历史，用暴力摧毁文明，用权力愚弄国民，用王权摧毁信仰。

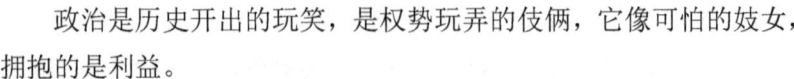

政治是历史开出的玩笑，是权势玩弄的伎俩，它像可怕的妓女，拥抱的是利益。

所有的政治运动，它的要求都非常清楚，带着强迫性，株连九族，令人畏惧。当利益大于是非，政治运动只会让人失去正义感。

中国的百姓本来像耗子一样，生活只有两个目的：觅食和繁殖。当罪恶的体制一出现，人们像耗子一样被装进一个黑暗的麻袋里。为了生存，人们相互啃咬着，挣扎着，绝望着，被迫去捏造事实和制造谎言。

"血统论"是时代的倒退，让阶级固化，但它却是政治首领的手段。通过"血统论"把人分成互相对立的两个阶级，最后让一个阶级去统治另一个阶级。

他讲这些理论的时候，还用了很多历史故事或现实事实去佐证。尤其是他列举遇罗克因言获罪被判处死刑一事，说：从来就没有永久的左派和右派，只有政治上永久的利益。把思想和舆论分成左派和右派是政治家的阴谋。

没有多久，他被学生举报，打成现行反革命，被判重刑，送到德令哈劳改农场劳改。

73年，石厚生接到德令哈农场寄来的石峻死亡通知书。

当可珍得知石峻的死讯，晕倒在地。醒来后的第一件事就是去寻找石峻，她想知道石峻是怎么度过最后的时刻的。但是，理智告诉她，这一切都是徒劳。在权力无所不能、正义一无所在的时候，你得到的都是谎言，只能认定一切都是天命所归。她恨天公无情、世道残忍。她悲痛、伤心、绝望，病倒在乡下，几乎病死异乡。在剩下最后一口气时，有良心的村民将她送到至诚身边。

1975年，美国诺贝尔奖获得者，学者马修第四次来到北大讲课。他希望中国政府帮助他找到哥哥李保罗，并给保罗留下一封信。

马修在信里告诉保罗：我研究的《质子和中子的旋转形状》的灵感，来自你的《健康指数测试仪》，我要和你一起分享这个诺贝尔奖。

我已经用一半奖金给你在佐治亚州买了一大片土地。同时，我在王府井饭店预交了一大笔钱，保罗哥哥一旦收到信，就住在王府井饭店等我。

这封信终于辗转到了保罗手中，保罗拿着信去问移民局的官员：如果我弟弟的信是真实的，我能去美国吗？

官员说：不但你能去美国，你的妻子和儿女都可以去美国，你拥有一片美国土地是真实的，我们早已核实了。

保罗无限感慨地说：命运真的很会捉弄人，它曾经非常残酷的摧毁我的一切，扼杀我所有的希望，夺去美好的生活和我的爱人，现在又想悉数还给我。

不过，他要等到至诚病好才去美国，现在他有钱了，要让至诚受到最好的治疗。

至诚的健康情况很糟糕，尤其在获悉石峻的死讯后，常常陷入昏迷之中，消瘦得很快，衣服下面掩盖的就是一具骷髅。可珍带着重病和小昶护理着他，可琪也支撑着伤残的身体守候在他边上。

至诚从昏迷中醒过来，要女儿把手伸给他，在她的耳边轻轻说：可儿，我看到你妈妈的灵魂在天上呼唤我，我快要到她那儿去了。唉，壮志未酬身先死，我今日才知它的悲壮。可儿，忘掉峻儿吧。死者是无所求的，不论是爱情、亲情，还是怀念，泪水。石峻什么都舍弃了，而你却要继续活下去。昶是一个值得托付终身的好男孩，我看得出，他很爱你，我希望你将来嫁给他。

昶儿啊，至诚轻声呼唤着，用最后的那点力气抓住昶的手，把可珍的手放在昶的手心里，又拉过可琪的手放在可珍的手上，说：昶儿，我把可儿和琪儿都交给你了，你要是愿意，就叫我一声爸爸。

昶顿时泪如雨下，跪倒在至诚的床前，大声呼喊：爸爸！

但是，初恋像魔术瓶，即使将它埋在心底，也永远在不停的摇晃。可可无法接受父亲的想法。

就在至诚奄奄一息时，那个发起并领导这场运动的伟人死了，祸国殃民的"四人帮"被逮捕，文化大革命随即结束。

至诚就像获得了生命的甘露，食欲大增，奇迹般地恢复了健康。尤其是在 1977 年，可可考上大学，至诚原本空洞的双肺竟然钙化。

石柔考上第二师范学校，让厚生深感欣慰。美丽温顺的石柔终于从自闭的精神状态中走出来了。

知识分子们有一个共同的特点：他们热爱知识，追求完美，始终保持懦弱善良的本质，很难在心里承载仇恨。他们的儿女也一样，在经历了痛苦、屈辱、贫贱、自卑之后，仍然手不释卷孜孜不倦地学习。命运最终也没有放弃他们，让他们成了时代的宠儿。

后 记

1979 年，那是非常不寻常的一年，因为它的不寻常，所以被载入史册。那一年所有的右派平反了。压在右派们身上的二十年的屈辱、歧视和痛苦以及政治贱民的身份统统成为历史。

至诚回到阔别二十年的学校，重新担任二师的副校长，虽然他被生活的艰辛折磨得直不起腰来，但他的笑容仍然是儒雅而谦和的，一如当年，德才兼备令人尊敬。

厚生推翻了一切强加在他身上的不适之词，官复原职。他像一颗经过磨砺却毫无损伤的金刚石，依然光芒四射。

每次新生入校，厚生都致词：同学们，也许你们有一天会成为教育家，我希望你们把人权的教育、尊严的教育，公平的教育、诚信的教育写进教科书里。这些都是做人的起码常识。

你们将是孩子们未来的启蒙老师，你们要教育孩子，热爱学习，养成良好的阅读习惯。要教育孩子们热爱科学，追求真理。科学进步了，社会才会进步，真理才能闪耀光辉。

你们一定要爱你们的学生，告诉他们，爱别人就是爱自己，只有爱才会让人类永远平安幸福。

明雪一直主持学校的后勤工作，对老师和学生们的日常生活关心备致，早已经成为二师历届师生心中的丰碑。文革结束后，她入党并担任二师党委书记，和厚生至诚一起，被表彰为二师的三驾马车。

七九年的秋天，第二师范学校为所有的被迫害的老师召开了平反大会。

平反大会在二师的大礼堂里召开，上千人参加了这次大会，盛况空前。

可珍、可琪、石柔和从美国飞回来的保罗、小昶以及所有死者的家属坐在礼堂前排的座位上。

大舞台的前面摆满雪白的菊花和鲜艳的玫瑰，青松翠柏的幕墙上挂着死者的遗像。

沙鸥、馨兰、梅仪、俞竹、张涛微笑着凝视着台下，笑容里有痛苦、无奈、委屈和愤怒，还有他们的慈爱、宽厚、智慧和欣慰。

追悼会由明雪主持，隆重而庄严。李明雪哀悼了死者对第二师范的教育事业做出的伟大贡献，深深鞠躬后，说出了感人肺腑的篇章：

1957年，我正在二师读书，亲眼目睹很多令人尊敬的老师被划成右派，运动使他们成为人民的敌人，从此被迫走上另类人生。

1965年，我来到二师工作，又见证了文化大革命对老师的迫害。

强权扼杀他们的思想，掠夺他们的知识，分裂他们的人格，砸碎他们的尊严，甚至剥夺了他们自由生活的权利，把他们当作祭祀的羔羊，任意宰割，让他们在厄运面前显得非常渺小和无能。数十年的"思想改造"让他们付出惨烈的代价。在某些人的眼里，知识分子总是左右摇摆，像变色龙一般，只能变出植物的颜色，而无法变成植物本身。无论怎么改造，他们也无法脱胎换骨成为革命的知识分子。众所周知，运动不是一时一事，那些极左观点折磨了知识分子们整整二十年。而知识分子们对苦难的选择是容忍，对迫害的选择是沉默，正因此，他们的一生也就成了一场悲剧。

和他们一起受到歧视与不公正待遇的是他们的家庭，很多家庭，家破人亡，九死一生。

今天，我们哀悼死者，抚慰生者，共同庆贺那些曾经被极左路线迫害的人重新获得新生。虽然这一切都来得太迟太迟，但它还是迎着新的曙光来到了。

同志们，让我们重新团结在邓小平同志的周围，共同迎接改革开放的春天！

至信的平反信也来了，公安部说：经查，孟至信同学的间谍案是一起冤案，根据党的有错必纠的宗旨，予以平反。

除了深深的悲哀，就是深切的怀念。

假若万物都有轨迹，也可以理解为命运，既然是命运的安排，也就放下这许许多多的痛苦与牵挂。

保罗在向紫苑告别时说：人生的道路是弯曲的，那些到达人生顶点的人多半是绕过道德与良心的，当他们成功时，人们仍然献给他们鲜花和桂冠。而我们紫苑的人，却不会绕道而行，我们付出了惨重的代价，犹令人心痛的是可琪这一代，已经被中国历史称为"废了的一代"。

82 年，可珍大学毕业，在经历了人生惨烈的变故后，又在二师的紫苑里，带着迷惘与悲痛选择人生的道路。

她用目光恋恋不舍的读遍紫苑的每一寸土地，知道这里的一切不再属于她。童年已一去不再复返，在紫苑里经历了痛苦、屈辱、伤害，也有让她回味无穷的欢乐与幸福以及刻在记忆的深处的爱情，所有宝贵的记忆留在紫苑的每一角落。最让她痛苦的是在令人沉重的寂静中，她会突然听见遥远的地平线的那头，石峻在呼唤她的名字。

不管石峻是真的死去了还是活着，她都要到哈德令去，到那里去寻找他的灵魂与足迹。

1982 年的秋天，李昶特地从美国回到紫苑，送可珍登上了西去的列车。

李昶对可珍说：虽然，我在七岁就离开了紫苑，但不管在哪里，紫苑始终是我心灵的家园。可珍，我期待下一次我们在紫苑相聚，共同开启新的人生。

2009 年 6 月 19 日一稿
2020 年 7 月 07 日二稿
品华

www.ingramcontent.com/pod-product-compliance
Lightning Source LLC
Chambersburg PA
CBHW061523020726
47502CB00006B/2199

* 9 7 8 1 9 5 1 1 3 5 9 8 0 *